朝花夕拾

湖北省教育科学研究院　组织编写

鲁迅　著

長江出版傳媒｜长江文艺出版社

编写说明

阅读是一个民族的核心文化行为。阅读的规模和质量是衡量一个民族和民众个体文明程度的重要指标。倡导全民阅读，发展全民阅读素养，对于提升国家民族和民众个体的生存力、发展力，具有重大的现实意义和长远的战略意义。

中学生群体是全民阅读的重要组成部分。中学生“读书少、不读书”已然是普遍存在的不可回避的事实。改革中学语文教学，特别是引导学生“好读书，多读书，读好书”，是社会诉诸语文教育的重大关切，也是全面提升学生语文素养的必由之路。

鉴于此，湖北省教育科学研究院组织编写《语文名著引读丛书》（下称《丛书》）。该书由长江文艺出版社出版，供各地中学生选择使用。

《丛书》从中学生实际出发，引导学生读恰当的书。

依据《九年义务教育语文课程标准（2013 版）》《高中语文课程标准（2017 版）》，以及初中语文教科书“名著阅读”推荐篇目，高中语文教科书“整本书阅读”确定篇目，《丛书》选定 44 部经典作品作为“引读”内容，其中初中阶段 36 部，高中阶段 8 部。根据不同阶段中学生实际，44 部经典作品在各年级分秋季、春季推荐阅读，秋季、春季各安排 22 部作品。

推荐这 44 部经典作品，不是要求每位学生都读完，而是为了确保学生阅读的经典性和可选择性，帮助学生解决“读什么”的问题。44 部作品分为人文社科、文学、自然科学和艺术等 4 种类别，学生阅读这些作品，有助于加强中华优秀传统文化、革命文化和社会主义先进文化教育，提升科学素养，开阔国际视野，进一步增强语文综合素质。

《丛书》着力于为学生“引读”，引导学生恰当地读书。

《丛书》一方面呈现完备的作品原著文本，目的是追求真实的完整的学生名著阅读过程。同时，《丛书》立足于教师指导下的学生自主阅读，在学生“读前”“读中”“读后”给予了一些必要的实时的阅读指导。

【走近名著】从背景或作品的精要精华入手介绍作品，目的是帮助学生初步了解作品，激发学生阅读兴趣。【阅读建议】包括“阅读规划建议”“阅读方法建议”“研讨交流建议”。“阅读规划建议”主要是就阅读内容和时间的安排为学生提供多种建议供学生选择。“阅读方法建议”依据作品体裁、内容实际就阅读方法进行具体指导，目的是引导学生完成充实的有效的自主阅读过程。“研讨交流建议”一是提供若干阅读作品的研讨专题，供学生自主选择探究学习；二是给学生提供一些恰当的探究活动建议以及探究过程中应注意的问题，帮助学生形成并交流探究成果。【阅读分享】提供了“名师品读”“同学品读”方面的范例，并就“我的分享”在内容和方式方面提出相应的建议，目的是提示学生应该有分享，如何去分享。

需要特别指出的是，《丛书》在每部作品的部分章节设置有正文旁批形式呈现的“引读”区域。“引读”区域一般是能体现作品结构特点的，与作品主要人物、主题关联密切的，最能体现作品写作特色、语言艺术的部分章节。一部作品选多少内容设置“引读”由作品实际确定。“引读”的内容，或提示本章节（回）在作品中的结构功能，或就作品的关键处作必要的解释、提示或点拨，或在作品的精彩处呈现精要赏析以激发学生的阅读体验；或就具体的语段、词句对学生提出自主旁批的要求……我们对经典作品心存敬畏，我们不是向学生阐释经典，不是把我们读出的结论呈现给学生，我们只是引导学生用自己的方式阅读经典，拥抱经典。

参加《丛书》研制的同志均是一线教研人员和学校教师。他们一方面扎进经典作品的文本世界，在一路的寻美探美历程中捡拾丰富的作品宝藏；另一方面又置身于学生的阅读过程，体察学生的阅读欢欣和困惑，尽力满足学生的经典阅读期待。他们致力于在经典作品与学生阅读之间铺路搭桥，希冀引导学生走上一条有效的愉悦的经典阅读学习之路。这套《丛书》就是这样的一座桥，就是这样的一条路。

尽管我们很努力，很审慎，书中自然还免不了出现错漏或不妥之处。若如是，敬请同志们、老师们、同学们批评指正！

《语文名著引读丛书》编委会

2020 年 5 月

目录
CONTENTS

散文诗

杂感

名师引读

走近名著

《朝花夕拾》原名《旧事重提》,是鲁迅唯一的一本带有自传性质的回忆散文集。它由十篇散文组成，分别为《狗·猫·鼠》《从百草园到三味书屋》《阿长与〈山海经〉》《父亲的病》《〈二十四孝图〉》《琐记》《五猖会》《藤野先生》《无常》和《范爱农》。前七篇反映他童年时代在绍兴的家庭和私塾中的生活情景，后三篇叙述他从家乡到南京，又到日本留学，然后回国教书的经历，较完整地记叙了鲁迅从童年到青年的不同人生阶段的经历。“朝花夕拾”，指早上开的花儿，黄昏时候把它们捡拾起来，比喻幼年的事情到了晚年再去回想，这个题目本身就充满诗意与温情。在文中，作者饱含深情地追忆那些难以忘怀的人和事，抒发了对往日亲友和师长的怀念之情。同时，也对封建制度和封建礼教进行了无情批判，对当时的北洋军阀统治和反动势力进行了有力的抨击，使革命青年从文章中激发起战斗的热情和反抗旧势力的决心与勇气。

《狗·猫·鼠》通过描写猫和鼠的一些秉性、行为，揭示了那些“正人君子”的真实面目。《阿长与〈山海经〉》通过记叙作者儿时与长妈妈相处的经历，刻画了长妈妈粗俗、好事，但心地善良的形象，表达了作者对长妈妈的感激之情和深切怀念。《〈二十四孝图〉》抨击了封建孝道的虚伪和残酷。《五猖会》批评了旧的教育制度和教育方法对儿童天性的压制和摧残。《无常》描述了迎神会和戏剧舞台上的“无常”形象，讽刺了那些打着“公理”“正义”旗号的“正人君子”。《从百草园到三味书屋》记叙了作者童年时期在百草园的快乐生活和在三味书屋乏味的学习生活，表现了儿童追求自由快乐的心理，揭露了封建社会对孩子天性的束缚。《父亲的病》通过对庸医行医表现的描写，揭露了封建庸医害人的本质。《琐记》

介绍了作者离家求学的经历，表达了作者冲破封建束缚、追求新知识的愿望。《藤野先生》回忆了自己留学时的所见所闻以及藤野先生对自己的关怀、教诲，赞扬了藤野先生的伟大人格，抒发了对藤野先生的感激和怀恋之情。《范爱农》通过描写范爱农的遭遇，表现了作者对旧民主革命的失望和对这位正直倔强的爱国者的同情和悼念。

《朝花夕拾》是一部温暖的书，冷峻犀利中透着温情，温馨背后又有理性的批判。郭沫若曾评价这部作品：“鲁迅先生无意做诗人，偶有所做，每臻绝唱。”本书是对作者逝去岁月的回忆，有真挚的情怀，有无奈的感伤，有深刻的讽刺，有难堪的屈辱，有思想的觉悟，有童年的天真自由，有人性的善良美好……字里行间饱含着浓烈的抒情气息，往往又夹以真实的议论，做到了抒情、叙事和议论融为一体，优美和谐，朴实感人。作品富有诗情画意，又不时穿插着幽默和讽喻；形象生动，格调明朗。这一段段回忆就是作者的“精神返乡”，在深邃的思想土壤里，开出的不同颜色的花，有暖色也有灰色，汪洋恣肆又含蓄内敛。正如北大学者温儒敏先生所说，既弥漫着慈爱的精神与情调，又内蕴着深沉而深刻的悲怆，这就形成了《朝花夕拾》的特殊韵味。

同学们，鲁迅有言：没有亲吻过土地的孩子就没有童年。如果没有童年的百草园、三味书屋，没有童年的阿长与《山海经》，就没有日后鲁迅心中无尽的远方、丰富的想象以及辽阔的未来。让我们静静地细嗅这朵花的馨香吧，顺着它的脉络，一起去领略鲁迅笔下的那些人、那些事、那些景和那些情……读后，愿你的心中也能开出有思想的花，撷取它的温暖和馨香，化作前行的底气和力量。

一、阅读规划建议

为了有序、高效地阅读名著，制订阅读时间规划是必需的。下面的阅读建议可供同学们参考。

◎建议一：

用 4 周的时间完成阅读过程（阅读过程包括阅读文本和阅读交流环节）。

《朝花夕拾》有 10 篇独立的回忆性文章，加上《小引》和《后记》，共 12 篇，阅读过程按照文章顺序可作如下具体安排：

第一周，阅读 4 篇文章：《小引》《狗·猫·鼠》《阿长与〈山海经〉》《〈二十四孝图〉》；

第二周，阅读 4 篇文章：《五猖会》《无常》《从百草园到三味书屋》《父亲的病》；

第三周，阅读 4 篇文章：《琐记》《藤野先生》《范爱农》《后记》；

第四周，开展阅读实践活动，形式可多样，完成阅读交流展示成果。

◎建议二：

按照同学们对名著的认知渐进过程，考虑到同学们的阅读兴趣，可采用由浅入深的规划来阅读，用时约 3 周。但是家长要适时地参与到阅读规划的制订以及平时的阅读中。对于重点及感兴趣的篇目提出的一些历史问题，可以查资料、记笔记。

第一周，用 5 天的时间快速通读全书，每天阅读 2 到 3 篇，整体感受这部作品的魅力。在通读的过程中，适时记录下自己的疑惑。

第二周，挑选比较重要的作品以及自己感兴趣的篇目进行二次阅读，重点阅读本书的“精读”篇章（《阿长与〈山海经〉》《五猖会》《从百草园到三味书屋》），要注意文章的语言，体会作者的感情，把握作者对人物的塑造，思考作品的主题，从多个角度分析作品，理解作者的深层文意。

第三周，借助《小引》，深入研读全书。细品“鲁迅风格”，通过之前的阅读完整地把握和理解本书的主要观点和感情。

附：

《朝花夕拾》阅读检查表		
日期	阅读内容（章节）	家长签名

我的阅读感言		
家长的话		

◎建议三：

每两天读一篇文章，1 天用来读文章，1 天用来做这篇文章的摘抄记录。大约用 3 周的时间完成阅读和摘抄过程。再用 1 周的时间准备“研讨专题”内容，并完成展示交流。

二、阅读方法建议

读书的方法不是固定不变的，而是灵活丰富的。我们读名著，可根据自己的安排和阅读能力采用不同的阅读方法。读《朝花夕拾》，建议同学们尝试下面的方法完成阅读过程。

（一）精读和快速阅读相结合

依据自己的阅读兴趣和阅读目的，我们阅读一本书，有的内容应该仔仔细细地阅读，有的内容则可以快速阅读。

精读，就是要仔细地、反复地阅读，要对文章进行深入细致的理解和体会，全面地掌握文章的内容、中心及表达方式、写作特点，包括对文章思想感情的体会等，对文章获得综合认识，以达到阅读的目的和要求。精读对于训练和提高同学们的理解、分析文章的能力，是大有益处的。精读的过程往往也是做读书笔记的过程。读书笔记一般分为摘录式笔记、批注式笔记、心得式笔记三种。

1. 摘录式笔记

摘录式笔记，是在读书时把相关语句、段落等按原文准确无误地抄录下来。要注明出处，包括题目、页码等，便于引用和核实。摘录的内容当然是有选择的，以自己的阅读兴趣或阅读目的作为摘录标准。

2. 批注式读书笔记

批注是常用的最简单的读书笔记方法。阅读的时候把遇到的问题、书中重要的地方、自己的读书结论以及体会最深的地方等，或用笔在字句旁边的空白处打上记号（如横线、圈点等），或在空白处及时记录自己的分析、疑问、提示等，或者是折页、贴纸条等。这种笔记方法不但可以促进对书中内容的深入理解，也为日后查阅提供了方便。

3. 心得式读书笔记

在阅读过程中或完成作品阅读之后，读者及时写出自己的某些认识、感想、体会以及得到的某些启发等，这一类的记录都可称之为心得式读书笔记。最常见的心得式读书笔记有“读书随笔”和“读后感”。

附（一）：精读读书任务表

时 间	阅读章节	完成任务	
	《阿长与〈山海经〉》	1. 摘抄好词。 2. 勾画并摘抄优美句子。 3. 句子赏析并批注。 4. 分析长妈妈人物形象。 5. 写一则读书随笔。	

	《五猖会》	1. 摘抄好词。 2. 勾画并摘抄优美句子。 3. 句子赏析并批注。 4. 写一则读书随笔。	
	《从百草园到三味书屋》	1. 摘抄好词。 2. 勾画并摘抄优美句子。 3. 句子赏析并批注。 4. 写一篇读后感。	
	《父亲的病》 《琐记》	1. 摘抄好词。 2. 勾画并摘抄优美句子。 3. 句子赏析并批注。 4. 分析衍太太人物形象。 5. 写一写读书心得。	
	《藤野先生》 《范爱农》	1. 摘抄好词。 2. 勾画并摘抄优美句子。 3. 句子赏析并批注。 4. 分析藤野先生和范爱农的人物形象。 5. 写一篇读后感。	

附（二）：《朝花夕拾》读书随笔

在《阿长与〈山海经〉》和《范爱农》中，阿长和范爱农这两个人物，给鲁迅先生留下了深刻的回忆。这两个由当时社会造就的人物，一个是下层的劳动者，善良、真诚、热爱和关心孩子的阿长，她思想、性格上有很多消极、落后的东西，是封建社会思想毒害的结果，表现了当时社会的浑浊、昏暗。另一个是正直倔强的爱国者范爱农，他对革命前的黑暗社会强烈不满，追求革命，辛亥革命后又备受打击迫害的遭遇，体现了旧社会人民对束缚的反抗，向往自由、安乐的心。这两个人物，是当时社会的反照，人们受尽黑暗的压迫到起来反抗，经历了多少次革命与战争，才有了我们现在安定自在的生活呀！现在，我们可以愉快地生活，家里有电视电话，有的还有电脑，有各种电器设备和自由的生活，我们不用遭受黑暗社会的压迫，更不用去闹革命。这都是无数革命烈士用自己的生命换来的，我们应该珍惜眼前的生活。

（选自《朝花夕拾·读书随笔》，作者：佚名）

快速阅读也是一种阅读方法，是一种形式上的略读。目前不少同学阅读名著速度太慢。怎么办呢？就得学会快速阅读，学会一目十行阅读，敏锐地抓住书中的重点、要点和脉络来阅读。这样就可以用较少的时间去赢得较大的阅读量，用较少的精力获得较多的知识和信息。从某种程度来说，快速阅读是提高阅读效率、培养自学能力的有效方法。快速阅读有以下几种常用的方式，供同学们参考：

1. 默读法。
2. 浏览法。
3. 选读法。
4. 提要法。
5. 跳读法。

（二）自主阅读和小组阅读结合

自主阅读就是以自己作为阅读的主体，不受别人支配，不受外界干扰，通过阅读、研究、观察、实践等对名著形成自己的理解和感悟。这时候可以通过分小组进行深入阅读，在合作中分享到别人的认识和理解，在与伙伴的交流中有新的收获，让自己的认识和理解的深刻性不断加强。《朝花夕拾》的小组合作阅读建议安排如下：

第一，可以把全班分成 8 人一个小组，每一个组设定一个组长。组员按照老师的指令在一定时间内阅读完指定篇目，并完成读书笔记（按著作的长短分几次完成）。

第二，把个人的读书笔记在组内交流、整合，按照写作背景、作家介绍、重点语段片段的赏析、人物形象分析、写作的艺术手法、读后的感悟等角度分工合作整理。

第三，阅读交流课上，在全班以组的形式汇报展示。

小组的形成，既可以是同学们的自主组合，也可以在老师的指导下组合编组；既可以是阅读兴趣趋同的同学自己组合，也可以是由阅读兴趣不同的同学混合编组。

三、研讨交流建议

1. 研讨专题

在一步一步与名著的深入接触后，我们对作品的内容已经熟谙于心，但这远远不够去触摸经典名著的血肉和灵魂。经典名著是经过历史积淀和考验的经典之作，文学的精华，也是文化的精华。我们应该进行更深入的挖掘和更广泛的探究。同学们可根据自己的兴趣，选择自己喜欢的专题（也可以自己创设专题），自己独立地或加入某个小组进行专题研究。

专题一：鲁迅的童年

童年时代的鲁迅常跟母亲住到绍兴乡下安桥头的外婆家里，后来又到皇甫庄大舅父家里寄居。安桥头、黄甫庄都在绍兴昌安门外水乡，宽狭纵横的河流静静地流过村边。鲁迅喜欢到乡下去，他把那里看作是自由的天地，崭新的世界。因为在那里不仅可以免读深奥难懂的“四书”“五经”，还可以同农民的孩子自由自在地生活在一起，到密如蛛网的河上去划船、捉鱼、钓虾，去欣赏带着点点渔火的水上夜景，或者到岸上去放鹅、牧牛、摘罗汉豆，呼吸清新的空气……

要求：

（1）小组可做“鲁迅童年趣事谈”小讲座。

（2）共请两组，分别剖析“鲁迅童年之乐”和“鲁迅青年之状”两种不同的情感。

（3）汇报小结和交流展示。

（4）现场答疑，回答其他小组同学的疑问。

专题二：鲁迅笔下的那些人物

《朝花夕拾》是鲁迅对自己成长历程的真实记录，在鲁迅的成长过程中，各种各样的人物都曾走进他的生活，既有善良淳朴的长妈妈、高尚的藤野先生，也有自私阴险的衍太太、虚伪贪婪的庸医……他们渲染了作者回忆中的每一种鲜明的颜色。

要求：

（1）派小组做“我印象深刻的鲁迅笔下人物谈”小讲座。

（2）选择鲁迅笔下每个人物最典型的生活片段进行课本剧表演，从中领悟作者对各个人物的感情。

（3）汇报小结和交流展示。

（4）现场答疑，回答其他小组同学的疑问。

专题三：鲁迅的儿童教育观念

《朝花夕拾》中描绘童年生活的作品有七篇，而鲁迅“儿童教育观”这条思想线索，在各篇中相互呼应，相互印证，在回忆中不经意地道出，浑然天成。我们可以在鲁迅娓娓道来的童年生活中品出些许自己对儿童、对儿童教育方法的新认识。

要求：

（1）派小组做“鲁迅儿童教育观”小讲座。

（2）派代表：联系实际，说说鲁迅的教育观在今天有什么借鉴意义。

（3）汇报小结和交流展示。

（4）现场答疑，回答其他小组同学的疑问。

专题四：鲁迅对真理的探求

在《琐记》里，鲁迅主要回忆了自己离开绍兴去南京求学的过程。作者记述了最初接触进化论的兴奋心情和不顾老辈反对，如饥似渴地阅读《天演论》的情景，表现出探求真理的强烈欲望。同学们可以看看在哪些文章里，也流露出作者对真理追求的思想轨迹。

要求：

（1）派小组做“鲁迅的求学及追求真理的经历”小讲座。

（2）派另一个小组梳理鲁迅在每个求学阶段的思想状态。

（3）汇报小结和交流展示。

（4）现场答疑，回答其他小组同学的疑问。

同学们还可以根据自己的发现和感悟，自由创设探究主题，并设计收集资料和展示交流的活动任务哦！比如：①《朝花夕拾》中的民俗风景；②《朝花夕拾》中的理性和温情；③鲁迅笔下的女性形象；④《朝花夕拾》的艺术特色……以上主题探究可供同学们参考。

2. 展示交流

展示交流显风采，小组合作展成果，检验小组合作学习成果的时刻到了。

（1）确定了自己的研讨专题后，同学们应根据研讨的需要回头浏览名著中的相关内容，有针对性地对内容进行再精读，并做些必要的阅读记录。

（2）根据自己的专题选择加入某个小组，小组合作探究，相互交流，形成自己和小组的成果。每个小组根据本组的特色，可选择不同的展示交流的形式。比如：①办手抄报；②画人物的肖像；③为人物写颁奖词或诗歌；④“最美朗读者”朗诵会；⑤主题演讲……

（3）在老师组织的展示交流课上，按照课堂的有序安排，和本组组员一起将自己的成果大方地展示出来。

（4）听听同学和老师对你的评价，完善自己的探究成果，加深对作品深刻的理解，总结反思，多吸收，多收获。

附阅读评价表：

展示小组：		
展示内容	评价要点	得分
手抄报（30分）	内容详尽、切合主题（10分）	
	字体规范、版面整洁（10分）	
	插图合理、构思新颖（10分）	
读书记录表（30分）	摘抄和概括的信息准确、简洁（15分）	
	书写工整、卡面整洁（15分）	
演讲汇报（40分）	展示内容与主题一致，逻辑清晰、流畅（15分）	
	能联系书中的细节来汇报（15分）	
	语言生动、富有感染力（10分）	
每组总分评分标准	100分＝手抄报30分＋读书记录表30分＋演讲汇报40分	小组得分：

一、名师品读

选文一

无情未必真豪杰

江苏省特级教师 刘金玉

《朝花夕拾》的作者鲁迅是伟大的文学家、思想家和革命家，是中国新文学的开山主将，是推进中国新文化发展的国手，毛泽东同志曾说："鲁迅的方向，就是中华民族新文化的方向。"

书名"朝花夕拾"有其特殊的含义。"朝花"，早晨的花朵；"夕拾"，傍晚捡拾。显而易见,这本书就是鲁迅先生回忆往事的文集,里面的散文是鲁迅先生"从记忆中抄出来的"，共十篇。前五篇写于北京，后五篇写于厦门。其实这些散文在《莽原》半月刊上陆续发表时,原题为"旧事重提",虽然易懂,但是太过直白。于是在编订成书时，定题为"朝花夕拾"，既能概括文集的内容，又富有文采。

"横眉冷对千夫指,俯首甘为孺子牛",这是鲁迅先生性格的真实写照,在《朝花夕拾》中也集中体现出来；而且，我们可以循着《朝花夕拾》这本书，了解鲁迅先生的这种性格是如何形成的，看到鲁迅先生是如何一步步走上以文学作为武器的斗争道路的。

童年时的鲁迅是无忧无虑的。他听祖母讲老虎拜猫为师,学成后却想杀掉猫，称王称霸的故事；他会从蛇的嘴下救出可怜的隐鼠，精心饲养，把它当成墨猴；他会听睡觉呈"大"字的长妈妈讲美女蛇吃人,反被老和尚收进盒子的故事;在"我的乐园"——百草园中，捉蟋蟀，玩弄斑蝥，拔何首乌，塑雪罗汉，按照闰土父亲传授的方法在雪地里捕鸟；甚至在"最严厉的书塾"里仍然可以偷偷跑到小园里面折腊梅、寻蝉蜕，趁先生读书入神时，画画儿；在迎神赛会时，和乡人们一起"紧张"而又"高兴"地等待"鬼而人,理而情""可怖而可爱"的无常出现。——

这些常见的童年趣事都成了《朝花夕拾》的材料，更成了表达鲁迅先生思想情怀的重要抓手。

随着年龄的增长，父亲对鲁迅寄予的期望越来越高。将沉浸在“乐园”中的鲁迅送到“最严厉的书塾”，因为那里有极方正、质朴、博学的寿镜吾老先生；父亲还会在鲁迅及其他家人急切地要看迎神赛会时，突发奇想地要求鲁迅背诵“一字也不懂”的《鉴略》。——这些事实，也加入了《朝花夕拾》中，也使鲁迅先生的思想认识更为深刻，能够透过现象看到事情背后的本质，从而使散文主旨更为深远。

父亲病重，家境一日不如一日，年幼的鲁迅开始接触当时的社会。他奔走于“名医”之间，可是却发现这些所谓的“名医”不过是巫医不分、故弄玄虚、勒索钱财、草菅人命之人；父亲垂危，衍太太让鲁迅按照风俗使劲叫父亲，可是他却觉得“这真是我对于父亲最大的错处”；甚至在看似温和可亲，实则心术不正、令人憎恶的衍太太的诽谤下，不得不觉得“真是犯了罪，怕遇见人们的眼睛，怕受到母亲的爱抚”。

于是，年轻的鲁迅只能“走罢”，于是开启了外出求学之路。去南京新式学堂吧，在这里，鲁迅知道“世界上竟然还有一个赫胥黎坐在书房里那么想”，阅读《天演论》，知道“物竞天择”。可惜的是，新式学堂“乌烟瘴气”，学习的结果是“一无所能”，学问是“上穷碧落下黄泉，两处茫茫皆不见”。鲁迅又踏上“所余的只有一条路：到外国去”。在日本东京，鲁迅认识了一批中国留学生，其中有一位“离奇”“很可恶”的人——范爱农。鲁迅依然没有感受到自己想要的氛围，就往仙台的医学专门学校去。在那里，鲁迅结识了藤野先生，藤野先生严肃认真的教学态度和真挚无私的爱给予青年鲁迅极大的鼓舞，鲁迅认为藤野先生是“最使我感激，给我鼓励的一个”。在那里，鲁迅还遇到了改变他人生之路的两件事：匿名信事件和看电影事件。这两件事使鲁迅彻底改变学医救人的想法，他醒悟，如果中国人的思想不觉悟，即使治好了他们的病，也只是做毫无意义的示众材料和看客。他终于下定决心，弃医从文，回国，用笔写文唤醒中国老百姓。

回国后，面对那些高举公理正义旗帜的“正人君子”，面对“谋害”“白话”的“引导青年的前辈”，面对不彻底的辛亥革命留下的烂摊子……

此时的鲁迅再也忍不住了，在《狗·猫·鼠》中，他给“媚态的猫”画像，用辛辣的笔调讽刺了“现代评论派”文人的“媚态的猫”的嘴脸；在《〈二十四孝图〉》

中则明确喊出“只要对于白话来加以谋害者，都应该灭亡”！并且要寻求最黑暗的咒文来诅咒一切反对白话、妨碍白话者，即使是堕入地狱，也绝不改悔；《范爱农》中，范爱农是一位普通的爱国知识分子，他耿介、偏激，辛亥革命后，勤快得很，却最终在那个社会受到排挤，溺水而亡。鲁迅由此重视辛亥革命的教训，对辛亥革命的不彻底做了形象的批判。

尽管此时的鲁迅愤怒，需要发泄，并努力地通过他犀利的文笔，直插敌人心脏。但在他的内心深处仍有一块恬静的处所，在那里，有充满无限趣味的百草园；有虽然不识字，却愿意费尽心思为他买来《山海经》的长妈妈；有严谨治学而且没有民族偏见的藤野先生……于是，在《朝花夕拾》中，我们又见到了鲁迅先生温和的一面。

《朝花夕拾》是鲁迅先生唯一一部回忆性散文集，这部散文集从鲁迅少年时代写到在日本留学前后的若干生活片段，展示了当时的世态人情、民俗文化，流露了他对社会生活的深刻观察和对家人师友的真挚感情。他的叙述亲切感人，又有机地糅进了大量的描写、抒情和议论，文笔显得优美而清新，彻底打破了中国古代散文“温柔敦厚”美学风格的束缚，更自由、大胆地表现出现代人的情感和情绪体验，充分地流露了鲁迅先生的仁爱之心，为中国散文的发展开辟了一条更加宽广的道路，堪称现代文学史上最高水平的回忆散文。

“无情未必真豪杰”——鲁迅是这样说的，《朝花夕拾》就是这样做的。

选文二

浅论《朝花夕拾》的双重内涵

河北金融学院　武媛媛

无论是读鲁迅的小说还是散文，鲁迅总是将一种复杂的情感埋藏于心中，诉诸笔端。他对他笔下的客观物象既“哀”又“怒”，既喜又厌，怀疑中有肯定，肯定中有否定。这种双重情绪在《朝花夕拾》中，贯穿到了感情线索、文本内容和艺术形式中，从中我们看到了一个彷徨于希望与绝望、肯定与否定之间的矛盾而又真实、民族的而又时代的鲁迅。

一、眷恋与厌烦相互渗透的乡恋情结

乡恋情结是人类对其生存过的地方怀有的情感。它比理性的思考和精密的分

析更能成为作家的创作动力和灵感。它不仅仅意味着对真、善、美的回顾与咀嚼，还包含着对假、恶、丑的反刍。

鲁迅的生命与灵魂深深扎根于中国农村，与底层人民有着不可分割的血肉联系。当经过了风雨沧桑后的鲁迅再次将故乡已逝的韶光幻化于眼前时，一系列经过选择、筛选的富有永恒生命力的景物、人物无不渗透着作者的深厚而又强烈的热爱之情。从百草园四季更替中的“覆盆子们”“木莲们”到麻雀们和蟋蟀们；从三味书屋课上的指甲游戏到课下的寻蝉蜕、喂蚂蚁这些充满童趣的生活；从拥有伟大神力的长妈妈到严于律己、宽以待人的私塾先生，甚至是“爽直，爱发议论，有人情”的无常……作者在平静之中娓娓道来，借助这些感性的形象的物象把内心深处对故乡风土人情的挚爱全部显现出来，同时这些留存于作者记忆中的物象经过多年的体验、反顾后也升华为一种心灵化、精神化的具有物质与精神的双重特性的审美客体。因此，鲁迅的乡恋情结的积累是一个主观心灵客观化、客观物象主观化的过程。

另一方面，鲁迅在逐步接受进步文明的同时，也在现实中摧毁着破旧的、愚弱的故乡。在反顾与前进的互动过程中，鲁迅流露出了对故乡的人、事、礼俗的厌倦与腻烦。S城里专开原对蟋蟀这些奇特的药引的庸医；海昌蒋氏的连拜三夜的各种礼式让“我”厌烦故乡的繁文缛节；阴间司里吓死人的构造和摸一摸“死有分”的脊梁就可以摆脱晦气的风俗让“我”为人们沉溺于虚幻的迷信世界而悲哀。承受众多苦难的农民只有借助主观想象才能超越现实，也只有这种纯精神上的安慰才能让农民有不断改变现状的追求。但民俗文化中的迷信也是鲁迅批判传统的主流文化的重点。民俗文化中麻木、愚弄人民的迷信力量与具有叛逆精神却代表生命发展方向的力量是相抗衡的，因此对民俗文化的批判与歌颂是鲁迅双重情感的体现之一。

二、儿童视角与成人视角的自然转换

对儿童问题的关注一直是鲁迅艺术创作中的重要主题。在《朝花夕拾》中，鲁迅以孩童时期的眼光、心灵去观察、感受传统文化，展现儿童眼中的故乡。百草园是“我”儿时唯一的乐园，在这里孩子们任性而为；在沉闷乏味的三味书屋中，先生不愿回答“怪哉”，“我”才知道学生是不该问这事的；好不容易盼到了“五猖会”，临行前父亲又硬要让“我”背《鉴略》；《〈二十四孝图〉》的故事不仅将“我”的全部“痴心妄想”摧毁，而且“想做孝子的计划，完全绝望了”。在这里，鲁迅以其少年时期的本能无意识的感受(包括喜爱和反抗),以少年“单纯而自由”的心灵去看待、评价自身和世界,从而让读者体味到了童真世界的美好与缺憾。

鲁迅在以儿童视角进行叙述的同时,又辅以成人视角来反观儿童时期的生命体验。因此文中在以儿童的价值观看待世界的同时,又用成人的评判标准去重新衡量世界。父亲在“我”大声叫嚷中痛苦地咽了气,现在“我”知道“这却是我对于父亲最大的错处”。美女蛇的故事让“我”当时极想得到老和尚那样的飞蜈蚣;紧接着,作者笔锋一转回到现实说“直到现在,总还是没有得到,但也没有遇见过赤练蛇和美女蛇” 。儿时听到“郭巨埋儿”的故事时,“最初实在替这孩子捏一把汗,待到掘出黄金一釜,这才觉得轻松”,作者转而又说:“但是,那时我虽然年纪小,似乎也明白天下未必有这样的巧事。”这样,鲁迅在儿童视角与成人视角的转换过程中,不断地咀嚼、追寻童年经验,从儿童——封建社会重压下的弱者的角度出发去抨击封建文化对儿童心灵的腐蚀,传统的教育方式对儿童旺盛的求知欲和丰富的想象力的遏制,以及对儿童尊严的践踏。

鲁迅充分利用了时间这一因素,在成人世界与儿童世界中跳来跳去,把过去与现在、童年与成年统一在一个共同的叙事框架中,从过去的素材中挖掘到了创作的灵感,又从现在的生活中找到了补给过去的精神资源,从而在叙事方式上体现了《朝花夕拾》的双重内涵。

三、个体性与社会性的相互结合

鲁迅散文的个体性与社会性相结合的双重意义是与个体的亲身经历和中国的社会生活、文化背景相联系的。在《猫·狗·鼠》中,作者一开始就以杂文笔法写现代评论派文人对鲁迅的诬蔑,接着作者讲述“仇猫”的理由有二:一是它的性情颇与“人们幸灾乐祸,慢慢折磨弱者的坏脾气相同”;二是它有一副“媚态”。作者又从故乡“老鼠成亲”的风俗联想到海昌蒋氏的婚礼,从而批判从中国的繁琐礼仪中显现出来的传统文化的弊端。在《琐记》中,作者记述江南水师学堂头二班的学生像“螃蟹”傲慢无礼时,又联想到在女师大风潮中,反对进步学生和老师的教育总长章士钊,从而一针见血地指出“可见螃蟹态度在中国也颇普遍”的现状。这种由此及彼的广阔的想象力因个人的主观感受而深化为对广大社会的观察,使回忆中的平静抒情自然过渡到针砭现实,有针对性的议论。由自我的思想感情上升到构造国民性的观念和文化批判意识,由个体性体现了社会性。

《朝花夕拾》记述的虽是琐事，却有清晰的“童年—少年—青年”的时间线索和“乡村—城市，国内—国外”的空间线索。在鲁迅这里，人和事打破了时空局限，个人的童年经验与对社会的成熟思考相融合，过去与未来相衔接。同时，在这种开放的思维下，他又选择了特殊的叙述方式、特殊的语言形式和特殊的文字词汇，由此使《朝花夕拾》具有了特殊的双重内涵。

（选自“中国论文网”）

选文三

《朝花夕拾》中的教育思想

辽宁师范大学 高琳琳

一、“立人”的根本在于儿童教育，应以孩子为本位

“立人”思想是鲁迅最早提出的。所谓“立人”，即是人的自由与解放。鲁迅在《文化偏至论》里指出：“……生存两间，角逐列国是务，其首在立人，人立而后凡事举；若其道述，乃必尊个性而张精神。”鲁迅提出的“立人”思想，把“沙聚之邦”的中国改造成为“人国”的思想，是充满着反封建的民主主义色彩的，是为反对封建专制主义长期禁锢人民群众思想而提出的一个思想启蒙运动的理论纲领。而鲁迅一生关注的“立人”问题，根本在于儿童教育。同时，鲁迅的儿童教育思想是建立在其针对国民现状提出的“立人”思想的基础之上的。鲁迅关注青少年儿童的教育问题，其实正是在谈论一个民族的国民性问题。鲁迅深刻认识到，教育问题不是孤立的，而是和整个社会紧密相连，所以他说“学风如何，我以为是和政治状态及社会情形相关的”。因此，鲁迅把国民教育问题当成自己一生的使命。

二、《朝花夕拾》中蕴含的教育思想

（一）儿童读书问题，对充满封建色彩的读物的批判

中国二十世纪二三十年代，新型的儿童读物非常稀少，大量的传统儿童读物仍在使用，其特征也与儿童心理特点相悖。任何一个小孩子，只要心智正常，都会对大自然的万事万物充满强烈的好奇心，喜欢听土匪强盗、上天入地、妖魔鬼怪之类刺激好玩的事情。鲁迅也是如此。在《朝花夕拾》的《阿长与〈山海经〉》中，长妈妈给鲁迅的《山海经》就让儿时的鲁迅激动不已。这本书中充满了奇形怪状

的东西。比如画着人面的兽，九头的蛇等十分好玩的事物，类似于我们现在的小人书。就是这样一本质量拙劣的书，竟让鲁迅一直念念不忘。

与之相反的，便是鲁迅对待以《二十四孝图》为首的孝道的批判。《二十四孝图》是中国民间对子女实施“孝”的教育的传统读物，记录了一系列孝子的故事。鲁迅批判了它的虚伪、做作与无情，并从儿童心理的角度出发，对其中的故事表达了极大的不理解与反感。通过此文，鲁迅告诉了读者，儿童读物要有健康的内容和适应儿童心理特点的形式，不能欺骗、恐吓儿童。

（二）喜爱玩耍是儿童的天性

鲁迅认为教育好儿童的首要前提是教育者对儿童天性、特有的审美情趣以及心理世界的关照。以《五猖会》为例，鲁迅小时候十分喜欢去看五猖会，因为那里有许多稀奇古怪、十分有趣的东西。但是，严厉的父亲要鲁迅背诵《鉴略》，背不出就不许出门。这让儿时的鲁迅十分痛苦。后来，即使死记硬背完成了任务，但是当时的兴趣已经减去了大半，这给儿时鲁迅的内心造成了创伤。鲁迅想要表达的是，游戏是儿童的天性，大人们不可扼杀它。

（三）对传统私塾教育的批判

以《从百草园到三味书屋》为例，鲁迅表达了对传统儿童私塾的批判。《从百草园到三味书屋》中展示了两个世界：一个是三味书屋，死气沉沉的世界，古板的老师，枯燥的书本；另一个是百草园，那里风景优美，空气清新，神秘传奇，孩子在那里活泼好动，好奇的天性、想象力和创造力都得到了发展。两者形成鲜明对比。通过这篇文章，深切地表达了作为教育家的鲁迅，对于私塾这一传统教育形式的批判。

三、对当代教育的启示

（一）帮助培养孩子的学习兴趣

兴趣是最好的老师。对待孩子也是如此，现在家长总是喜欢给孩子的课余时间安排许多任务。也为了提高孩子的文化素养，让孩子很小的时候就背诵一些大人都不能完全背诵的古诗词、古文等内容。这样做的实质都是在爱孩子，不希望自己的孩子输在起跑线上。但是，家长们在培养孩子的时候，不应以自己的意志为主，应以孩子的兴趣为主。按照孩子兴趣的方向，再做一些针对性的培养，这样才能为祖国培养出更多优秀的人才。另外，关于提高孩子文化素养的这个问题，家长们让孩子进行相关背诵并没有错，但关键是看孩子的兴趣，看家长、老师如何去引导。如果孩子感兴趣，就让孩子去读。并且，作为家长和教师，也应帮助孩子去理解、消化、吸收，不能让孩子囫囵吞枣，不求甚解，否则不仅会给孩子造成很大压力，同时也会适得其反的。

（二）结合孩子实际特点进行教育

在当代社会，不论是学校还是家庭，都会对孩子进行一些品德方面的教育，为了树立孩子正确的人生观和价值观。这种教育其实本身没有错，且十分必要，但是有时也难免陷入《二十四孝图》的泥潭。针对孩子的品德教育，家长和教师应从孩子的自身特点出发，以一些孩子身边的小事为起点，从孩子的思维出发，进行品德教育。不要说空话，喊口号，也不要用成年人的思想去理解儿童，这样才能真正达到对儿童品德教育的目的。孩子是天真简单的，他们讨厌复杂，相对于一些口号,他们更容易受到发生在身边的小事的影响与熏陶。孩子的品德教育，是关系到民族兴亡的大问题，是值得每个成年人思索的问题。

（三）学校教育应构建“四独”教学体系：独立，独特，独创，独秀

按照鲁迅提出的“立人”口号，学校作为培养少年儿童的主要阵地，则应建立“四独教学体系”——独立，独特，独创，独秀。独立，就是培养学生独立的人格。独特，就是培养学生独特的个性，不要像流水线生产一样，培养千篇一律的孩子，也不要把确认好孩子的指标都定在学习成绩上，不要认为只要成绩优异，整日默默无语的孩子就是好孩子，教师们应多鼓励孩子形成独特的魅力。独创，就是启发孩子独创的智慧。儿童最大的特点就是充满了好奇心，孩子总有问不完的“为什么”，所以，在学校教育中，应充分关注孩子的探究性、创造性。独秀，就是培养孩子形成优雅的素质。所有的学校教育，落实到根本点上，就是为了学生素质的提升，这也是“立人”的出发点和归宿。

（选自《论文联盟》）

二、同学品读

选文一

《朝花夕拾》读后感

《朝花夕拾》这本书是鲁迅先生晚年的作品，而这部散文集中所写的，又大多是先生幼年时期的事情。幼年的事情到了晚年再去回想，犹如清晨开放的鲜花到傍晚去拾取，虽然失去了盛开时的艳丽和芬芳，但夕阳的映照却使它平添了一种风韵，而那若有若无的清香则更令人浮想联翩、回味无穷。

虽然在鲁迅的童年中有一些不愉快的事情，但细读《朝花夕拾》中的《从百草园到三味书屋》，却也能享受着不时从字里行间透露出来的那份天真烂漫的感情，眼前不由出现了一幅幅令人神往的自然画卷。

我读鲁迅先生的这篇充满对童年回忆的散文，正如读着鲁迅先生心底的那份热爱自然、向往自由的童真童趣。突然间，我仿佛看到了幼年的鲁迅。趁大人不注意，钻进了百草园。他与昆虫为伴，又采摘野花野果，然后与玩伴一起捕鸟，但由于性急，总是捕不到很多；他又常听保姆长妈妈讲故事，因而非常害怕百草园中的那条赤练蛇。在三味书屋，虽然有寿先生严厉的教诲，却仍耐不过学生们心中的孩子气，他读书读得入神时，却没发现他的学生正在干着各式各样的事，有的正用纸糊的盔甲套在指甲上演戏，而鲁迅正聚精会神地在画画……

鲁迅先生在文章中表现了他热爱自然、向往自由的那股热情，希望能自由自在地玩耍，与大自然亲密接触，不希望整日被父母、家奴管束着，这正是儿童特有的。曾几何时，我已经远离了童年，进入了少年，每天都在这忙忙碌碌的学习之中，纷纷扰扰的生活之中。但我认为自己还是一个稚气未脱的孩子，有时还做着甜美的童年之梦。回忆起那些童年琐事，还时常记忆犹新，忍俊不禁。我家原属市郊，附近有一大片田野，小时候，总去那里享受着春日的阳光，秋日的清风，还有那片总被我采得一朵不剩的油菜花，我沉醉在大自然的怀抱之中；小时候，每天一吃完饭嘴都不擦就去邻家串门子，和小伙伴一起去吃豆腐花，一起去田野里玩，时不时还跌进泥坑变出个“小泥人”，采了各式各样的花，又生怕主人找来，就把花藏在树洞里，一会儿回去花早就枯萎了，但我仍沉醉在无拘无束的自由空间之中。而如今，田野上造起了楼房，我和小伙伴都在为自己的前程努力着，因此感受不到大自然的亲切，也少了许多自由，但我仍旧热爱自然，向往自由，无论现在能否实现。这也许就是我和幼年鲁迅的相似之处吧，使我在读过文章后有了这么多感动。

童年已渐渐遥远，留下的只是些散琐的记忆，倒不如细读一下《朝花夕拾》，体会一下那个不同年代的童年之梦，和鲁迅一起热爱自然，向往自由。

选文二

回忆，别有一番滋味

——《朝花夕拾》读后心得

不知道为什么鲁迅把“旧事重提”改成了“朝花夕拾”，但不得不说，这夕拾的朝花，已不仅仅是旧事，反倒是新事、喜事、伤心事。

无可否认，鲁迅的骂功是中国一绝，以至于骂狗、骂猫、写鼠也有人惶惶不安，那顶带刺的高帽戴上了，也就取不下来了。且不说那些“名人名教授”有没有狗血淋头之感，但这“不好惹”的“高帽”鲁迅却戴牢了，堂而皇之地“以动机褒贬作品”，是人就看得出，那柄“匕首”是正中“要害”。

连一本薄薄的回忆散文集中都充斥着满腔愤慨之情，足见其他那些杂文、小说集的锋利。讽刺有魅力，当然，在鲁迅笔下，那叫艺术。

小学初中的语文教材，每本都有鲁迅的文章，大概多数都选自这个好听的名字——“朝花夕拾”，琢磨久了也想，夕拾的朝花什么味？

酸。的确，看鲁迅的文章有点酸。什么酸？心酸。你看《父亲的病》，作者从不正面写家道衰败的颓唐，仅从父亲口里说的唏嘘的话，作者在左右奔波瞻前顾后的疲态，表面上是祥和安平，但心里却按捺不住。到篇尾，衍太太唆使作者大叫父亲，却遗留给作者“最大的错处”。感人肺腑，又不乏暗中对衍太太这个自私多言使坏形象的嘲讽。

甜。不说阿长与鲁迅过年时行礼的温馨，也不说看社戏、看五猖会时的快活热闹，单提起百草园“油蛉在这里低唱，蟋蟀们在这里弹琴”的童趣，一切感受的天真浪漫，一切体味的亲切柔情，又似乎搭上了独特的鲁氏桥，进了甜美的童年故乡。

苦。成了“名人”“正人君子”的仇敌是苦，阿长、父亲的逝世是苦，永别的藤野先生是苦，跳进旧中国的“大染缸”而不得解脱，更是苦。革命苦，百姓苦，苦了鲁迅，也苦出了这本在暴虐、阴暗、乌烟瘴气中蹚过的《朝花夕拾》。

辣。鲁迅的本色。辛辣的笔风，自然会有其笔尖直指的人群。那句“横眉冷对千夫指”凛然一个顶天大汉的形象，对反动、守旧势力的抨击与嘲讽是毫不留情。譬如对陈、徐两人犀利、刻薄的讽刺，入口微辣，入肚却穿肠荡胃，甚是耐人寻味。

咸。泪水的味道。朴实感人的散文，就足以催人泪下。旧事的点滴，是《朝花夕拾》可歌可泣的盐分，染咸的是回忆，溅起的是读者深思的心灵。

选文三

《朝花夕拾》读后感

《朝花夕拾》中有一种老年人回忆往事时的脉脉温情。

书中的十则故事，给我印象最深刻的是《藤野先生》。当时，中国在日本人的心中的确是一个弱国，可是当我看到《藤野先生》中的那一段话，便心痛起来——“中国是弱国，所以中国人自然是低能儿？”自己的同胞在影片里被杀头，国人还与日本人一同欢呼，那种骨子里的麻木不仁，不仅可怜，而且，可恨！

但是，日本人，也不是全部都不知道“尊重”二字为何意。鲁迅在此处更着重描写的，是藤野先生严谨的教学作风，对作者真诚的关怀，还有，对于中国，对于“人”的热爱。作品字里行间，无不洋溢着作者对这位恩师的赞扬与牵挂。

藤野先生对鲁迅的耐心辅导，是希望将日本精湛的医学技术传入中国，为中国人治疗身体上的疾病。在此，藤野先生将医术还原到了它本来的面目——为着所有人的健康而学医，而不是以自己个人的利益为目标，着实可敬！

在文章的末尾，鲁迅先生写他至今仍然被藤野先生的影子鞭策着不断地“写为‘正人君子’所厌恶的文字”，又一次表达了鲁迅对藤野先生的怀念和敬佩。

鲁迅先生是我们“民族的脊梁”，他以笔作枪，字字掷地有声。这本《朝花夕拾》，虽是回忆性的散文集，但丝毫没有改变它的风貌，对于作品中所指出的旧中国的弊端，我看过后触目惊心，庆幸我出生在祖国富强的年代，我下定决心，尽我所能不让悲剧重演。

在过往的日子里，我们伟大的祖国有着太多屈辱的历史，而如今，在祖国繁荣富强的今天，身为未来栋梁的我们，怎能不为了中国而去努力呢？从《朝花夕拾》中，我看见自己的影子，一个坚定的影子！

总而言之，鲁迅是在众多的作家中突出的一个，也是特殊的一个，他敢骂，骂苟延残喘、阴险狡诈的人，骂貌似中庸的伪君子；他敢论，论国民众生的劣根本性，论轰轰烈烈的大革命的悲剧之源。这就是鲁迅——一个大胆的作家！

（选自网络，作者不详，题目是编者加的，有改动。）

三、我的分享

同学们，你的读后感受是什么？还有哪些有趣的发现？你的阅读成果还有哪些？赶快来分享吧。

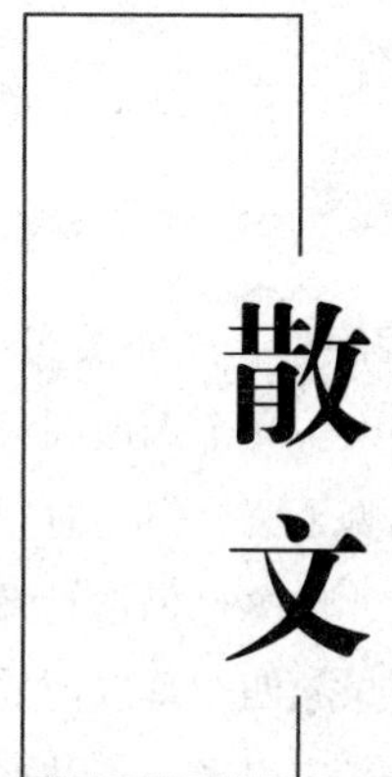

散文

小 引[1]

【引读】

小引介绍了编写本书的背景。当时的鲁迅遭迫害到了广州，离开了厦门大学，又离开了中山大学，事实上处于失业状态。他内心芜杂，无聊之极，编编旧稿，聊以度日。他把《旧事重提》更名为《朝花夕拾》，你觉得他改得好吗？

我常想在纷扰中寻出一点闲静来，然而委实不容易。目前是这么离奇，心里是这么芜杂。一个人做到只剩了回忆的时候，生涯大概总要算是无聊了罢，但有时竟会连回忆也没有。中国的做文章有轨范，世事也仍然是螺旋。前几天我离开中山大学的时候，便想起四个月以前的离开厦门大学；听到飞机在头上鸣叫，竟记得了一年前在北京城上日日旋绕的飞机。我那时还做了一篇短文，叫做《一觉》。现在是，连这“一觉”也没有了。

广州的天气热得真早，夕阳从西窗射入，逼得人只能勉强穿一件单衣。书桌上的一盆“水横枝”，是我先前没有见过的：就是一段树，只要浸在水中，枝叶便青葱得可爱。看看绿叶，编编旧稿，总算也在做一点事。做着这等事，真是虽生之日，犹死之年，很可以驱除炎热的。

前天，已将《野草》编定了；这回便轮到陆续载在《莽原》上的《旧事重提》，我还替他改了一个名称：《朝花夕拾》。带露折花，色香自然要好得多，但是我不能够。便是现在心目中的离奇和芜杂，我也还不能使他即刻幻化，转成离奇和芜杂的文章。或者，他日仰看流云时，会在我的眼前一闪烁罢。

我有一时，曾经屡次忆起儿时在故乡所吃的蔬果：菱角，罗汉豆，茭白，香瓜。凡这些，都是极其鲜美可口的，

---

①出自《朝花夕拾》，此篇最初发表于 1926 年 3 月 10 日《莽原》半月刊第一卷第五期。

都曾是使我思乡的蛊惑。后来，我在久别之后尝到了，也不过如此；惟独在记忆上，还有旧来的意味存留。它们也许要哄骗我一生，使我时时反顾。

这十篇就是从记忆中抄出来的，与实际内容或有些不同，然而我现在只记得是这样。文体大概很杂乱，因为是或作或辍，经了九个月之多。环境也不一：前两篇写于北京寓所的东壁下；中三篇是流离中所作，地方是医院和木匠房；后五篇却在厦门大学的图书馆的楼上，已经是被学者们挤出集团之后了。

一九二七年五月一日，鲁迅于广州白云楼记。

狗·猫·鼠[①]

【引读】

1925年“五卅”运动，鲁迅支持“女师大”学潮，同帝国主义、北洋军阀及其御用文人“现代评论派”展开了毫不妥协的斗争。鲁迅写了许多杂文揭露他们的本质，使他们露出原形。“现代评论派”以退为进，发表一系列攻击作品，1926年2月21日，鲁迅·写下此文予以回击。

从去年起，仿佛听得有人说我是仇猫的。那根据自然是在我的那一篇《兔和猫》；这是自画招供，当然无话可说，——但倒也毫不介意。一到今年，我可很有点担心了。我是常不免于弄弄笔墨的，写了下来，印了出去，对于有些人似乎总是搔着痒处的时候少，碰着痛处的时候多。万一不谨，甚而至于得罪了名人或名教授，或者更甚而至于得罪了“负有指导青年责任的前辈”[②]之流，可就危险已极。为什么呢？因为这些大角色是“不好惹”的。怎地“不好惹”[③]呢？就是怕要浑身发热之后，做一封信登在报纸上，广告道：“看哪！狗不是仇猫的么？鲁迅先生却自己承认是仇猫的，而他还说要打‘落水狗’！”这“逻辑”的奥义，即在用我的话，来证明我倒是狗，于是而凡有言说，全都根本推翻，即使我说二二得四，三三见九，也没有一字不错。这些既然都错，则绅士口头的二二得七，三三见千等等，自然就不错了。

【引读】

鲁迅发表的文章“总是搔着痒处的时候少，碰着痛处的时候多”，得罪了不少“名流”。于是，他们便想方设法地围攻鲁迅。不过，一群大有名气的人居然用猫猫狗狗作为武器，这也挺好笑了。从这段话，你能还原对方的攻击方式吗？

我于是就间或留心着查考它们成仇的“动机”。这也并非敢妄学现下的学者以动机来褒贬作品的那些时髦，不过想给自己预先洗刷洗刷。据我想，这在动物心理学家，是用不着费什么力气的，可惜我没有这学问。后来，在覃

①出自《朝花夕拾》，此篇最初发表于1926年3月10日《莽原》半月刊第一卷第五期。

②“负有指导青年责任的前辈”：指徐志摩、陈西滢等。

③“不好惹”：这是徐志摩恫吓作者的话。

哈特博士（Dr.O.Dahnhardt）的《自然史底国民童话》里，总算发现了那原因了。据说，是这么一回事：动物们因为要商议要事，开了一个会议，鸟、鱼、兽都齐集了，单是缺了象。大家议定，派伙计去迎接它，拈到了当这差使的阄的就是狗。"我怎么找到那象呢？我没有见过它，也和它不认识。"它问。"那容易，"大众说，"它是驼背的。"狗去了，遇见一匹猫，立刻弓起脊梁来，它便招待，同行，将弓着脊梁的猫介绍给大家道："象在这里！"但是大家都嗤笑它了。从此以后，狗和猫便成了仇家。

日尔曼人走出森林虽然还不很久，学术文艺却已经很可观，便是书籍的装潢，玩具的工致，也无不令人心爱。独有这一篇童话却实在不漂亮；结怨也结得没有意思。猫的弓起脊梁，并不是希图冒充，故意摆架子的，其咎却在狗的自己没眼力。然而原因也总可以算作一个原因。我的仇猫，是和这大大两样的。

其实人禽之辨，本不必这样严。在动物界，虽然并不如古人所幻想的那样舒适自由，可是噜苏做作的事总比人间少。它们适性任情，对就对，错就错，不说一句分辩话。虫蛆也许是不干净的，但它们并没有自命清高；鸷禽猛兽以较弱的动物为饵，不妨说是凶残的罢，但它们从来就没有竖过"公理""正义"的旗子，使牺牲者直到被吃的时候为止，还是一味佩服赞叹它们。人呢，能直立了，自然是一大进步；能说话了，自然又是一大进步；能写字作文了，自然又是一大进步。然而也就堕落，因为那时也开始了说空话。说空话尚无不可，甚至于连自己也不知道说着违心之论，则对于只能嗥叫的动物，实在免不得"颜厚有忸怩"[①]。假使真有一位一视同仁的造物主，高高在上，那么，对于人类的这些小聪明，也许倒以为多事，正如我

【引读】

虫蛆没有自命清高，谁自命清高？鸷禽猛兽没有竖过"公理""正义"的旗子，谁竖过"公理""正义"的旗子？这里运用对比手法，把帝国主义、封建军阀和它们的奴才们不如虫蛆、不如鸷禽猛兽的虚伪本质勾画了出来。

【引读】

作者整理了"猫"的恶行，目的是为了挖苦生活中与猫类似的人。挖苦他们什么？试着用几个词语概括一下，比如说"残忍""媚上欺下"……

①颜厚有忸怩：出自《尚书》，脸皮虽厚，内心也感到惭愧。

们在万生园里，看见猴子翻筋斗，母象请安，虽然往往破颜一笑，但同时也觉得不舒服，甚至于感到悲哀，以为这些多余的聪明，倒不如没有的好罢。然而，既经为人，便也只好“党同伐异”[①]，学着人们的说话，随俗来谈一谈，——辩一辩了。

现在说起我仇猫的原因来，自己觉得是理由充足，而且光明正大的。一、它的性情就和别的猛兽不同，凡捕食雀鼠，总不肯一口咬死，定要尽情玩弄，放走，又捉住，捉住，又放走，直待自己玩厌了，这才吃下去，颇与人们的幸灾乐祸，慢慢地折磨弱者的坏脾气相同。二、它不是和狮虎同族的么？可是有这么一副媚态！但这也许是限于天分之故罢，假使它的身材比现在大十倍，那就真不知道它所取的是怎么一种态度。然而，这些口实，仿佛又是现在提起笔来的时候添出来的，虽然也象[②]是当时涌上心来的理由。要说得可靠一点，或者倒不如说不过因为它们配合时候的嗥叫，手续竟有这么繁重，闹得别人心烦，尤其是夜间要看书，睡觉的时候。当这些时候，我便要用长竹竿去攻击它们。狗们在大道上配合时，常有闲汉拿了木棍痛打；我曾见大勃吕该尔（P.Bruegeld.A）的一张铜版画 Allegorie der Wollust 上，也画着这回事，可见这样的举动，是中外古今一致的。自从那执拗的奥国学者弗罗特（S.Freud）提倡了精神分析说——Psychoanalysis，听说章士钊先生是译作“心解”的，虽然简古，可是实在难解得很——以来，我们的名人名教授也颇有隐隐约约，捡来应用的了，这些事便不免又要归宿到性欲上去。打狗的事我不管，至于我的打猫，却只因为它们嚷嚷，此外并无恶意，我自信我的嫉妒心还没有这么博大，当现下“动辄获咎”之秋，这是不可不预先声明的。例如人们当配合之前，也很有些手续，新的是写情书，少则一束，多则一捆；旧的是什么“问名”“纳采”，磕头作揖，去年海昌蒋氏在北京举行婚礼，拜来拜去，就十足拜了三天，还印有一本红面子的《婚礼节文》，《序论》里大发议论道：“平心论之，既名为礼，当必繁重。专图简易，何用礼为？……然则世之有志于礼者，可以兴矣！不可退居于礼所不下之庶人矣！”然而我毫不生气，这是因为无须我到场；因此也可见我的仇猫，理由实在简简单单，只为了它们在我的耳朵边尽嚷的缘故。人们的各种礼式，局外人可以不见不闻，我就满不管，但如果当我正要

---

①“党同伐异”：意思是纠合同伙，攻击异己。

②象：同“像”，全书正文同。

看书或睡觉的时候，有人来勒令朗诵情书，奉陪作揖，那是为自卫起见，还要用长竹竿来抵御的。还有，平素不大交往的人，忽而寄给我一个红帖子，上面印着“为舍妹出阁”,“小儿完姻”,“敬请观礼”或“阖第光临”这些含有“阴险的暗示”的句子，使我不花钱便总觉得有些过意不去的，我也不十分高兴。

但是，这都是近时的话。再一回忆，我的仇猫却远在能够说出这些理由之前，也许是还在十岁上下的时候了。至今还分明记得，那原因是极其简单的：只因为它吃老鼠，——吃了我饲养着的可爱的小小的隐鼠。

听说西洋是不很喜欢黑猫的，不知道可确；但Edgar Allan Poe的小说里的黑猫，却实在有点骇人。日本的猫善于成精，传说中的“猫婆”,那食人的惨酷确是更可怕。中国古时候虽然曾有“猫鬼”,近来却很少听到猫的兴妖作怪，似乎古法已经失传，老实起来了。只是我在童年，总觉得它有点妖气，没有什么好感。那是一个我的幼时的夏夜，我躺在一株大桂树下的小板桌上乘凉，祖母摇着芭蕉扇坐在桌旁，给我猜谜，讲故事。忽然，桂树上沙沙地有趾爪的爬搔声，一对闪闪的眼睛在暗中随声而下，使我吃惊，也将祖母讲着的话打断，另讲猫的故事了——

“你知道么？猫是老虎的先生。”她说。“小孩子怎么会知道呢，猫是老虎的师父。老虎本来是什么也不会的，就投到猫的门下来。猫就教给它扑的方法，捉的方法，吃的方法，象自己的捉老鼠一样。这些教完了；老虎想，本领都学到了，谁也比不过它了，只有老师的猫还比自己强，要是杀掉猫，自己便是最强的角色了。它打定主意，就上前去扑猫。猫是早知道它的来意的，一跳，便上了树，老虎却只能眼睁睁地在树下蹲着。它还没有将一切本领传授完，还没有教给它上树。”

这是侥幸的，我想，幸而老虎很性急，否则从桂树上就会爬下一匹老虎来。然而究竟很怕人，我要进屋子里睡觉去了。夜色更加黯然；桂叶瑟瑟地作响，微风也吹动了，想来草席定已微凉，躺着也不至于烦得翻来复去了。

几百年的老屋中的豆油灯的微光下，是老鼠跳梁的世界，飘忽地走着，吱吱地叫着，那态度往往比“名人名教授”还轩昂。猫是饲养着的，然而吃饭不管事。祖母她们虽然常恨鼠子们啮破了箱柜，偷吃了东西，我却以为这也算不得什么大罪，也和我不相干，况且这类坏事大概是大个子的老鼠做的，决不能诬陷到我所爱的小鼠身上去。这类小鼠大抵在地上走动，只有拇指那么大，也不很畏惧人，我们那里叫它“隐鼠”,与专住在屋上的伟大者是两种。我的床前就帖着两张花纸，一是“八戒招赘”,满纸长嘴大耳，我以为不甚雅观；别的一张“老鼠成亲”却可爱，自新郎、新妇以至傧相、宾客、执事，没有一个不是尖腮细腿，象煞读书人的，但穿的都是红衫绿裤。我想，能举办这样大仪式的，一定只有我所喜欢的那些隐鼠。现在是粗俗了，在路上遇见人类的迎娶仪仗，也不过当作性交的广告看，不甚留心；但那时的想看"老鼠成亲"的仪式，却极其神往，即使象海昌蒋氏似的连拜三夜，怕也未必会看得心烦。正月十四的夜，是我不肯轻易便睡，等候它们的仪仗从床下出来的夜。然而仍然只看见几个光着身子的隐鼠在地面游行，不象正在办着喜事。直到我熬不住了，快快睡去，一睁眼却已经天明，到了灯节了。也许鼠族的婚仪，不但不分请帖，来收罗贺礼，虽是真的"观礼"，也绝对不欢迎的罢，我想，这是它们向来的习惯，无法抗议的。

老鼠的大敌其实并不是猫。春后，你听到它"咋！咋咋咋咋！"地叫着，大家称为"老鼠数铜钱"的，便知道它的可怕的屠伯已经光临了。这声音是表现绝望的惊恐的，虽然遇见猫，还不至于这样叫。猫自然也可怕，但老鼠只要蹿进一个小洞去，它也就奈何不得，逃命的机会还很多。独有那可怕的屠伯——蛇，身体是细长的，圆径和鼠子差不多，凡鼠子能到的地方，它也能到，追逐的时间也格外长，而且万难幸免，当"数钱"的时候，大概是已经没有第二步办法的了。

有一回，我就听得一间空屋里有着这种"数钱"的声音，推门进去，一条蛇伏在横梁上，看地上，躺着一匹隐鼠，口角流血，但两胁还是一起一落的。取来给躺在一个纸盒子里，大半天，竟醒过来了，渐渐地能够饮食，行走，到第二日，似乎就复了原，但是不逃走。放在地上，也时时跑到人面前来，而且缘腿而上，一直爬到膝髁。给放在饭桌上，便捡吃些菜渣，舔舔碗沿；放在我的书桌上，则从容地游行，看见砚台便舔吃了研着的墨汁。这使我非常惊喜了。我听父亲说过的，中国有一种墨猴，只有拇指一般大，全身的毛是漆黑而且发亮的。它睡在笔筒里，一听到磨墨，便跳出来，等着，等到人写完字，套上笔，就舔尽了砚上的余墨，仍旧跳进笔筒里去了。我就极愿意有这样的一个墨猴，可是得不到；问哪里有，哪里买的呢，谁也不知道。"慰情聊胜无"①，这隐鼠总可以算是我的墨猴了罢，虽然它舔吃墨汁，并不一定肯等到我写完字。

现在已经记不分明，这样地大约有一两月；有一天，我忽然感到寂寞了，真

①慰情聊胜无：出自陶渊明诗《和刘柴桑》："弱女虽非男，慰情良胜无。"原为宽慰柴桑令刘程之有女无男之语，比喻比没有要好一点。

所谓“若有所失”。我的隐鼠，是常在眼前游行的，或桌上，或地上。而这一日却大半天没有见，大家吃午饭了，也不见它走出来，平时，是一定出现的。我再等着，再等它一半天，然而仍然没有见。

长妈妈，一个一向带领着我的女工，也许是以为我等得太苦了罢，轻轻地来告诉我一句话。这即刻使我愤怒而且悲哀，决心和猫们为敌。她说：隐鼠是昨天晚上被猫吃去了！

当我失掉了所爱的，心中有着空虚时，我要充填以报仇的恶念！

我的报仇，就从家里饲养着的一匹花猫起手，逐渐推广，至于凡所遇见的诸猫。最先不过是追赶，袭击；后来却愈加巧妙了，能飞石击中它们的头，或诱入空屋里面，打得它垂头丧气。这作战继续得颇长久，此后似乎猫都不来近我了。但对于它们纵使怎样战胜，大约也算不得一个英雄；况且中国毕生和猫打仗的人也未必多，所以一切韬略、战绩，还是全部省略了罢。

但许多天之后，也许是已经经过了大半年，我竟偶然得到一个意外的消息：那隐鼠其实并非被猫所害，倒是它缘着长妈妈的腿要爬上去，被她一脚踏死了。

这确是先前所没有料想到的。现在我已经记不清当时是怎样一个感想，但和猫的感情却终于没有融和；到了北京，还因为它伤害了兔的儿女们，便旧隙夹新嫌，使出更辣的辣手。“仇猫”的话柄，也从此传扬开来。然而在现在，这些早已是过去的事了，我已经改变态度，对猫颇为客气，倘其万不得已，则赶走而已，决不打伤它们，更何况杀害。这是我近几年的进步。经验既多，一旦大悟，知道猫的偷鱼肉，拖小鸡，深夜大叫，人们自然十之九是憎恶的，而这憎恶是在猫身上。假如我出而为人们驱除这憎恶，打伤或杀害了它，它便立刻变为可怜，那憎恶倒移在我身上

【引读】

作者对猫的态度颇为客气，这样做似乎有些迫不得已。不过，下文将自己对待猫的态度和官兵对待土匪敌人的态度作比，就值得深究了。这是对当时军阀政府纵容邪恶，不能除恶务尽的强烈讽刺和不满。

【引读】

面对这样的政府，如果“我”将这种方法推广应用，是不是会像官兵纵容土匪一样纵容他们为恶？鲁迅会这样做吗？当然不会！可这不正是那些所谓“指导青年”的“前辈”所做的事吗？这里，用反语讽刺了那些御用文人纵恶养奸的反动实质。

了。所以，目下的办法，是凡遇猫们捣乱，至于有人讨厌时，我便站出去，在门口大声叱曰：“嘘！滚！”小小平静，即回书房，这样，就长保着御侮保家的资格。其实这方法，中国的官兵就常在实做的，他们总不肯扫清土匪或扑灭敌人，因为这么一来，就要不被重视，甚至于因失其用处而被裁汰。我想，如果能将这方法推广应用，我大概也总可望成为所谓“指导青年”的“前辈”的罢，但现下也还未决心实践，正在研究而且推敲。

一九二六年二月二十一日

阿长与《山海经》①

长妈妈，已经说过，是一个一向带领着我的女工，说得阔气一点，就是我的保姆。我的母亲和许多别的人都这样称呼她，似乎略带些客气的意思。只有祖母叫她阿长。我平时叫她“阿妈”，连“长”字也不带；但到憎恶她的时候，——例如知道了谋死我那隐鼠的却是她的时候，就叫她阿长。

我们那里没有姓长的；她生得黄胖而矮，“长”也不是形容词。又不是她的名字，记得她自己说过，她的名字是叫作什么姑娘的。什么姑娘，我现在已经忘却了，总之不是长姑娘；也终于不知道她姓什么。记得她也曾告诉过我这个名称的来历：先前的先前，我家有一个女工，身材生得很高大，这就是真阿长。后来她回去了，我那什么姑娘才来补她的缺，然而大家因为叫惯了，没有再改口，于是她从此也就成为长妈妈了。

虽然背地里说人长短不是好事情，但倘使要我说句真心话，我可只得说：我实在不大佩服她。最讨厌的是常喜欢切切察察②，向人们低声絮说些什么事。还竖起第二个手指，在空中上下摇动，或者点着对手或自己的鼻尖。我的家里一有些小风波，不知怎的我总疑心和这“切切察察”有些关系。又不许我走动，拔一株草，翻一块石头，就说

【引读】

本文中，鲁迅回忆了童年时期与家里女工阿长相处的一段生活，满怀诚挚之情地刻画了一位淳朴善良的农村妇女形象，表达了对长妈妈的尊敬、感激、怀念和祝愿之情。有人说，这是鲁迅先生所有文章中，笔调最温暖的一篇。

【引读】

旧中国的妇女，数千年来没有争得做人的地位，她们一旦嫁人，就随夫家姓氏，被冠以“赵黄氏、钱李氏”之类的称谓，被忘却了名字。长妈妈的名字是补缺继承而来的，比一般妇女更是不如，地位之低可见一斑。

---

①出自《朝花夕拾》，本篇最初发表于1926年3月10日《莽原》半月刊第一卷第五期。

②切切察察：现在多写作“嚓嚓喳喳”，形容细碎的说话声音。

【引读】

一想到长妈妈的睡相是一个“大”字，就足以笑出声来！

想象一下那个场景，试着画出来。

我顽皮，要告诉我的母亲去了。一到夏天，睡觉时她又伸开两脚两手，在床中间摆成一个“大”字，挤得我没有余地翻身，久睡在一角的席子上，又已经烤得那么热。推她呢，不动；叫她呢，也不闻。

“长妈妈生得那么胖，一定很怕热罢？晚上的睡相，怕不见得很好罢？……”

母亲听到我多回诉苦之后，曾经这样地问过她。我也知道这意思是要她多给我一些空席。她不开口。但到夜里，我热得醒来的时候，却仍然看见满床摆着一个“大”字，一条臂膊还搁在我的颈子上。我想，这实在是无法可想了。

但是她懂得许多规矩；这些规矩，也大概是我所不耐烦的。一年中最高兴的时节，自然要数除夕了。辞岁之后，从长辈得到压岁钱，红纸包着，放在枕边，只要过一宵，便可以随意使用。睡在枕上，看着红包，想到明天买来的小鼓、刀枪、泥人、糖菩萨……然而她进来，又将一个福橘放在床头了。

“哥儿，你牢牢记住！”她极其郑重地说，“明天是正月初一，清早一睁开眼睛，第一句话就得对我说：‘阿妈，恭喜恭喜！’记得么？你要记着，这是一年的运气的事情。不许说别的话！说过之后，还得吃一点福橘。”她又拿起那橘子来在我的眼前摇了两摇，“那么，一年到头，顺顺流流……”

【引读】

这个神情耐人深思——因为没有得到“我”的新年祝福，她的表现是如此惊惶，如此急迫！这是旧社会一个普通妇人对未来幸福的迫切追求！

梦里也记得元旦的，第二天醒得特别早，一醒，就要坐起来。她却立刻伸出臂膊，一把将我按住。我惊异地看她时，只见她惶急地看着我。

她又有所要求似的，摇着我的肩。我忽而记得了——

“阿妈，恭喜……”

“恭喜恭喜！大家恭喜！真聪明！恭喜恭喜！”她于

是十分喜欢似的，笑将起来，同时将一点冰冷的东西，塞在我的嘴里。我大吃一惊之后，也就忽而记得，这就是所谓福橘，元旦辟头的磨难，总算已经受完，可以下床玩耍去了。

她教给我的道理还很多，例如说人死了，不该说死掉，必须说“老掉了”；死了人，生了孩子的屋子里，不应该走进去；饭粒落在地上，必须捡起来，最好是吃下去；晒裤子用的竹竿底下，是万不可钻过去的……此外，现在大抵忘却了，只有元旦的古怪仪式记得最清楚。总之，都是些烦琐之至，至今想起来还觉得非常麻烦的事情。

然而我有一时也对她发生过空前的敬意。她常常对我讲“长毛”。她之所谓“长毛”者，不但洪秀全军，似乎连后来一切土匪强盗都在内，但除却革命党，因为那时还没有。她说的长毛非常可怕，他们的话就听不懂。她说先前长毛进城的时候，我家全都逃到海边去了，只留一个门房和年老的煮饭老妈子看家。后来长毛果然进门来了，那老妈子便叫他们“大王”，——据说对长毛就应该这样叫，——诉说自己的饥饿。长毛笑道：“那么，这东西就给你吃了罢！”将一个圆圆的东西掷了过来，还带着一条小辫子，正是那门房的头。煮饭老妈子从此就骇破了胆，后来一提起，还是立刻面如土色，自己轻轻地拍着胸脯道：“啊呀，骇死我了，骇死我了……”

我那时似乎倒并不怕，因为我觉得这些事和我毫不相干的，我不是一个门房。但她大概也即觉到了，说道：“象你似的小孩子，长毛也要掳的，掳去做小长毛。还有好看的姑娘，也要掳。”

“那么，你是不要紧的。”我以为她一定最安全了，既不做门房，又不是小孩子，也生得不好看，况且颈子上还有许多灸疮疤。

“那里的话？！”她严肃地说，“我们就没有用处？我们也要被掳去。城外有兵来攻的时候，长毛就叫我们脱下裤子，一排一排地站在城墙上，外面的大炮就放不出来；再要放，就炸了！”

这实在是出于我意想之外的，不能不惊异。我一向只以为她满肚子是麻烦的礼节罢了，却不料她还有这样伟大的神力。从此对于她就有了特别的敬意，似乎实在深不可测；夜间的伸开手脚，占领全床，那当然是情有可原的了，倒应该我

【引读】

《狗·猫·鼠》中曾经介绍此事，你还记得吗？

退让。

这种敬意，虽然也逐渐淡薄起来，但完全消失，大概是在知道她谋害了我的隐鼠之后。那时就极严重地诘问，而且当面叫她阿长。我想我又不真做小长毛，不去攻城，也不放炮，更不怕炮炸，我惧惮她什么呢！

但当我哀悼隐鼠，给它复仇的时候，一面又在渴慕着绘图的《山海经》了。这渴慕是从一个远房的叔祖惹起来的。他是一个胖胖的，和蔼的老人，爱种一点花木，如珠兰茉莉之类，还有极其少见的，据说从北边带回去的马缨花。他的太太却正相反，什么也莫名其妙，曾将晒衣服的竹竿搁在珠兰的枝条上，枝折了，还要愤愤地咒骂道："死尸！"这老人是个寂寞者，因为无人可谈，就很爱和孩子们往来，有时简直称我们为"小友"。在我们聚族而居的宅子里，只有他书多，而且特别。制艺和试帖诗[①]，自然也是有的；但我却只在他的书斋里，看见过陆玑的《毛诗草木鸟兽虫鱼疏》[②]，还有许多名目很生的书籍。我那时最爱看的是《花镜》[③]，上面有许多图。他说给我听，曾经有过一部绘图的《山海经》，画着人面的兽，九头的蛇，三脚的鸟，生着翅膀的人，没有头而以两乳当作眼睛的怪物，……可惜现在不知道放在那里了。

---

①制艺和试帖诗：都是科举考试规定的公式化诗文。制艺是摘取"四书""五经"中的文句命题、立论的八股文。试帖诗大抵取古人诗句或成语命题，冠以"赋得"二字，并限韵脚，一般为五言八韵。

②陆玑，三国吴学者。《毛诗草木鸟兽虫鱼疏》是一部专门针对《诗经》中提到的动植物进行注解的著作，因此有人称它是"中国第一部有关动植物的专著"。

③《花镜》：清代杭州人陈淏子著。《花镜》是一部讲述园圃花卉的书。

我很愿意看看这样的图画，但不好意思力逼他去寻找，他是很疏懒的。问别人呢，谁也不肯真实地回答我。压岁钱还有几百文，买罢，又没有好机会。有书买的大街离我家远得很，我一年中只能在正月间去玩一趟，那时候，两家书店都紧紧地关着门。

玩的时候倒是没有什么的，但一坐下，我就记得绘图的《山海经》。

大概是太过于念念不忘了，连阿长也来问《山海经》是怎么一回事。这是我向来没有和她说过的，我知道她并非学者，说了也无益；但既然来问，也就都对她说了。

过了十多天，或者一个月罢，我还很记得，是她告假回家以后的四五天，她穿着新的蓝布衫回来了，一见面，就将一包书递给我，高兴地说道：——

“哥儿，有画儿的‘三哼经’，我给你买来了！”

我似乎遇着了一个霹雳，全体都震悚起来；赶紧去接过来，打开纸包，是四本小小的书，略略一翻，人面的兽，九头的蛇，……果然都在内。

这又使我发生新的敬意了，别人不肯做，或不能做的事，她却能够做成功。她确有伟大的神力。谋害隐鼠的怨恨，从此完全消灭了。

这四本书，乃是我最初得到，最为心爱的宝书。

书的模样，到现在还在眼前。可是从还在眼前的模样来说，却是一部刻印都十分粗拙的本子。纸张很黄；图象也很坏，甚至于几乎全用直线凑合，连动物的眼睛也都是长方形的。但那是我最为心爱的宝书，看起来，确是人面的兽；九头的蛇；一脚的牛；袋子似的帝江①；没有头而“以乳为目，以脐为口”，还要“执干戚而舞”

【引读】

这种渴望得到而又无法实现的心情你有过吗？如果有过，对童年鲁迅便格外理解了。

【引读】

一个“三哼经”，背后有隐藏的故事。一个目不识丁的妇女，操着浓重的绍兴话，一家家书店，一遍遍打听《山海经》，别人怎么对她呢？也许有轻视和白眼，也许还有嘲讽和呵斥，但她终于买来了。因为她心中，哥儿是一个极为重要的人！

【引读】

这是鲁迅最初得到的最为心爱的宝书，可是，下文中明明说“刻印都十分粗拙”啊？这不是矛盾吗？想想这是为什么？

①帝江：《山海经》中能歌善舞的神鸟。

的刑天[1]。

此后我就更其搜集绘图的书，于是有了石印的《尔雅音图》[2]和《毛诗品物图考》[3]，又有了《点石斋丛画》和《诗画舫》。《山海经》也另买了一部石印的，每卷都有图赞，绿色的画，字是红的，比那木刻的精致得多了。这一部直到前年还在，是缩印的郝懿行疏。木刻的却已经记不清是什么时候失掉了。

我的保姆，长妈妈即阿长，辞了这人世，大概也有了三十年了罢。我终于不知道她的姓名，她的经历；仅知道有一个过继的儿子，她大约是青年守寡的孤孀。

【引读】

真诚地祝愿，深切地怀念。

仁厚黑暗的地母呵，愿在你怀里永安她的魂灵！

一九二六年三月十日

①刑天：《山海经》中的神话人物。

②《尔雅音图》：共三卷，是我国最早一部训诂名物的语言专著，汇释了战国秦汉间的语言材料，是古代儒生通经、读经的工具书。

③《毛诗品物图考》：日本冈元凤所著。是一部专门解释《诗经》中的动物与植物并加以图像以及简明考证的书。

《二十四孝图》①

【引读】

“孝”是中华民族的传统美德，是儒家伦理思想的核心，“以孝治天下”是中国几千年帝制社会的治国纲领。鲁迅先生小时候就收到过一本宣扬封建孝道的《二十四孝图》。但是，他对书中的内容很是反感，为什么呢？通过这篇文章他想告诉我们什么？

我总要上下四方寻求，得到一种最黑，最黑，最黑的咒文，先来诅咒一切反对白话，妨害白话者。即使人死了真有灵魂，因这最恶的心，应该堕入地狱，也将决不改悔，总要先来诅咒一切反对白话，妨害白话者。

自从所谓“文学革命”②以来，供给孩子的书籍，和欧、美、日本的一比较，虽然很可怜，但总算有图有说，只要能读下去，就可以懂得的了。可是一班别有心肠的人们，便竭力来阻遏它，要使孩子的世界中，没有一丝乐趣。北京现在常用“马虎子”这一句话来恐吓孩子们。或者说，那就是《开河记》③上所载的，给隋炀帝开河，蒸死小儿的麻叔谋；正确地写起来，须是“麻胡子”。那么，这麻叔谋乃是胡人了。但无论他是甚么人，他的吃小孩究竟也还有限，不过尽他的一生。妨害白话者的流毒却甚于洪水猛兽，非常广大，也非常长久，能使全中国化成一个麻胡，凡有孩子都死在他肚子里。

只要对于白话来加以谋害者，都应该灭亡！

这些话，绅士们自然难免要掩住耳朵的，因为就是所

---

①出自《朝花夕拾》，本篇最初发表于1926年5月25日《莽原》半月刊第一卷第十期。

②文学革命：“五四时期”反对文言、提倡白话、反对旧文学、提倡新文学的一场文学革命运动。

③《开河记》：宋代传奇小说。主要叙述麻叔谋奉隋炀帝诏书开河的故事。

谓“跳到半天空，骂得体无完肤，——还不肯罢休”。而且文士们一定也要骂，以为大悖于“文格”，亦即大损于“人格”。岂不是“言者心声也”[①]么？“文”和“人”当然是相关的，虽然人世间本来千奇百怪，教授们中也有“不尊敬”作者的人格而不能“不说他的小说好”的特别种族。但这些我都不管，因为我幸而还没有爬上“象牙之塔”[②]去，正无须怎样小心。倘若无意中竟已撞上了，那就即刻跌下来罢。然而在跌下来的中途，当还未到地之前，还要说一遍：——

只要对于白话来加以谋害者，都应该灭亡！

【引读】

这是作者第二遍说这句话了，对那些反对白话者，他该是多么愤恨啊！为什么他们应该灭亡！你试着从文中捋一捋作者的理由。

每看见小学生欢天喜地地看着一本粗拙的《儿童世界》之类，另想到别国的儿童用书的精美，自然要觉得中国儿童的可怜。但回忆起我和我的同窗小友的童年，却不能不以为他幸福，给我们的永逝的韶光一个悲哀的吊唁。我们那时有什么可看呢，只要略有图画的本子，就要被塾师，就是当时的“引导青年的前辈”禁止，呵斥，甚而至于打手心。我的小同学因为专读“人之初性本善”读得要枯燥而死了，只好偷偷地翻开第一页，看那题着“文星高照”四个字的恶鬼一般的魁星[③]像，来满足他幼稚的爱美的天性。昨天看这个，今天也看这个，然而他们的眼睛里还闪出苏醒和欢喜的光辉来。

【引读】

看着恶鬼一般的魁星像，来满足幼稚的爱美的天性，眼睛里居然还闪出苏醒和欢喜的光辉来。我们看到这样的句子，有理由为自己今天的幸福阅读点赞！也有理由为当时孩童的旺盛求知欲喝彩！

在书塾以外，禁令可比较的宽了，但这是说自己的事，各人大概不一样。我能在大众面前，冠冕堂皇地阅看的，是《文昌帝君阴骘[④]文图说》和《玉历钞传》，都画着冥冥

①言者心声也：出自汉代扬雄《法言·问神》：“故言，心声也。”意思是说，语言和文章是人的思想的表现。

②象牙之塔：比喻脱离现实生活的文学家和艺术家的小天地。

③魁星：中国古代星宿名称，是中国古代神话中所说的主宰文章兴衰的神。

④阴骘（zhì）：原指上苍默默地安定下民，转指阴德。

之中赏善罚恶的故事，雷公电母站在云中，牛头马面布满地下，不但“跳到半天空”是触犯天条的，即使半语不合，一念偶差，也都得受相当的报应。这所报的也并非“睚眦之怨”，因为那地方是鬼神为君，“公理”作宰，请酒下跪，全都无功，简直是无法可想。在中国的天地间，不但做人，便是做鬼，也艰难极了。然而究竟很有比阳间更好的处所：无所谓“绅士”，也没有“流言”。

阴间，倘要稳妥，是颂扬不得的。尤其是常常好弄笔墨的人，在现在的中国，流言的治下，而又大谈“言行一致”①的时候。前车可鉴，听说阿尔志跋绥夫曾答一个少女的质问说，“惟有在人生的事实这本身中寻出欢喜者，可以活下去。倘若在那里什么也不见，他们其实倒不如死。”于是乎有一个叫作密哈罗夫的，寄信嘲骂他道，“……所以我完全诚实地劝你自杀来祸福你自己的生命，因为这第一是合于逻辑，第二是你的言语和行为不至于背驰。”

其实这论法就是谋杀，他就这样地在他的人生中寻出欢喜来。阿尔志跋绥夫只发了一大通牢骚，没有自杀。密哈罗夫先生后来不知道怎样，这一个欢喜失掉了，或者另外又寻到了“什么”了罢。诚然，“这些时候，勇敢，是安稳的；情热，是毫无危险的”。

然而，对于阴间，我终于已经颂扬过了，无法追改；虽有“言行不符”之嫌，但确没有受过阎王或小鬼的半文津贴，则差可以自解。总而言之，还是仍然写下去罢：——

我所看的那些阴间的图画，都是家藏的老书，并非我所专有。我所收得的最先的画图本子，是一位长辈的赠品：《二十四孝图》。这虽然不过薄薄的一本书，但是下图上说，鬼少人多，又为我一人所独有，使我高兴极了。那里面的故事，似乎是谁都知道的；便是不识字的人，例如阿长，也只要一看图画便能够滔滔地讲出这一段的事迹。但是，我于高兴之余，接着就是扫兴，因为我请人讲完了二十四个故事之后，才知道“孝”有如此之难，对于先前痴心妄想，想做孝子的计划，

---

① “言行一致”：这是当时多次攻击鲁迅的《现代评论》主编陈西滢的话。他曾说：“言行不相顾本没有多大稀罕，世界上多的是这样的人。讲革命的做官僚，讲言论自由的烧报馆。”

完全绝望了。

“人之初，性本善”么？这并非现在要加研究的问题。但我还依稀记得，我幼小时候实未尝蓄意忤逆，对于父母，倒是极愿意孝顺的。不过年幼无知，只用了私见来解释“孝顺”的做法，以为无非是“听话”，“从命”，以及长大之后，给年老的父母好好地吃饭罢了。自从得了这一本孝子的教科书以后，才知道并不然，而且还要难到几十几百倍。其中自然也有可以勉力仿效的，如“子路负米”，“黄香扇枕”之类。“陆绩怀橘”也并不难，只要有阔人请我吃饭。“鲁迅先生作宾客而怀橘乎？”我便跪答云，“吾母性之所爱，欲归以遗母。”阔人大佩服，于是孝子就做稳了，也非常省事。“哭竹生笋”就可疑，怕我的精诚未必会这样感动天地。但是哭不出笋来，还不过抛脸而已，一到“卧冰求鲤”，可就有性命之虞了。我乡的天气是温和的，严冬中，水面也只结一层薄冰，即使孩子的重量怎样小，躺上去，也一定哗啦一声，冰破落水，鲤鱼还不及游过来。自然，必须不顾性命，这才孝感神明，会有出乎意料之外的奇迹，但那时我还小，实在不明白这些。

其中最使我不解，甚至于发生反感的，是“老莱娱亲”和“郭巨埋儿”两件事。

我至今还记得，一个躺在父母跟前的老头子，一个抱在母亲手上的小孩子，是怎样地使我发生不同的感想呵。他们一手都拿着“摇咕咚”。这玩意儿确是可爱的，北京称为小鼓，盖即鼗[①]也，朱熹曰：“鼗，小鼓，两旁有耳；持其柄而摇之，则旁耳还自击。”咕咚咕咚地响起来。然而这东西是不该拿在老莱子手里的，他应该扶一枝拐杖。现在这模样，简直是装佯，侮辱了孩子。我没有再看第二回，一到这一页，便急速地翻过去了。

那时的《二十四孝图》，早已不知去向了，目下所有的只是一本日本小田海僊[②]所画的本子，叙老莱子事云：“行年七十，言不称老，常著五色斑斓之衣，为婴儿戏于亲侧。又常取水上堂，诈跌仆地，作婴儿啼，以娱亲意。”大约旧本也差不多，而招我反感的便是“诈跌”。无论忤逆，无论孝顺，小孩子多不愿意“诈”作，听故事也不喜欢是谣言，这是凡有稍稍留心儿童心理的都知道的。

---

①鼗（táo）：拨浪鼓。

②僊（xiān）：同“仙”。

然而在较古的书上一查，却还不至于如此虚伪。师觉授《孝子传》云，“老莱子……常著斑斓之衣，为亲取饮，上堂脚跌，恐伤父母之心，僵仆为婴儿啼。”（《太平御览》四百十三引）较之今说，似稍近于人情。不知怎地，后之君子却一定要改得他“诈”起来，心里才能舒服。邓伯道弃子救侄，想来也不过“弃”而已矣，昏妄人也必须说他将儿子捆在树上，使他追不上来才肯歇手。正如将“肉麻当作有趣”一般，以不情为伦纪[①]，诬蔑了古人，教坏了后人。老莱子即是一例，道学先生以为他白璧无瑕时，他却已在孩子的心中死掉了。

至于玩着“摇咕咚”的郭巨的儿子，却实在值得同情。他被抱在他母亲的臂膊上，高高兴兴地笑着；他的父亲却正在掘窟窿，要将他埋掉了。说明云，“汉郭巨家贫，有子三岁，母尝减食与之。巨谓妻曰，贫乏不能供母，子又分母之食。盍埋此子？”但是刘向《孝子传》所说，却又有些不同：巨家是富的，他都给了两弟；孩子是才生的，并没有到三岁。结末又大略相象了，“及掘坑二尺，得黄金一釜，上云：天赐郭巨，官不得取，民不得夺！”

我最初实在替这孩子捏一把汗，待到掘出黄金一釜，这才觉得轻松。然而我已经不但自己不敢再想做孝子，并且怕我父亲去做孝子了。家景正在坏下去，常听到父母愁柴米；祖母又老了，倘使我的父亲竟学了郭巨，那么，该埋的不正是我么？如果一丝不走样，也掘出一釜黄金来，那自然是如天之福，但是，那时我虽然年纪小，似乎也明白天下未必有这样的巧事。

现在想起来，实在很觉得傻气。这是因为现在已经知道了这些老玩意，本来谁也不实行。整饬伦纪的文电是常

【引读】

“虚伪”，揭示了反感“老莱娱亲”的原因。阅读下文“郭巨埋儿”的故事，试着用一个词说说作者反感的缘由。

【引读】

这个孩子实在值得同情，这里的画面实在让人压抑，这种压抑是通过什么手法表现出来的？

【引读】

将书中的内容和自己的生活联系起来，这是可资借鉴的读书方法，鲁迅是这样的，你也有吗？

①伦纪：人与人之间应该遵守的准则。

有的，却很少见绅士赤条条地躺在冰上面，将军跳下汽车去负米。何况现在早长大了，看过几部古书，买过几本新书，什么《太平御览》咧，《古孝子传》咧，《人口问题》咧，《节制生育》咧，《二十世纪是儿童的世界》咧，可以抵抗被埋的理由多得很。不过彼一时，此一时，彼时我委实有点害怕：掘好深坑，不见黄金，连“摇咕咚”一同埋下去，盖上土，踏得实实的，又有什么法子可想呢。我想，事情虽然未必实现，但我从此总怕听到我的父母愁穷，怕看见我的白发的祖母，总觉得她是和我不两立，至少，也是一个和我的生命有些妨碍的人。后来这印象日见其淡了，但总有一些留遗，一直到她去世——这大概是送给《二十四孝图》的儒者所万料不到的罢。

一九二六年五月十日

【引读】

自己读过书后觉得和祖母势不两立，这里，从效果上表现所谓封建孝道教育的失败，“万料不到”，真正充满嘲讽。

五猖会[1]

孩子们所盼望的，过年过节之外，大概要数迎神赛会[2]的时候了。但我家的所在很偏僻，待到赛会的行列经过时，一定已在下午，仪仗之类，也减而又减，所剩的极其寥寥。往往伸着颈子等候多时，却只见十几个人抬着一个金脸或蓝脸红脸的神像匆匆地跑过去。于是，完了。

我常存着这样的一个希望：这一次所见的赛会，比前一次繁盛些。可是结果总是一个“差不多”；也总是只留下一个纪念品，就是当神像还未抬过之前，化一文钱买下的，用一点烂泥，一点颜色纸，一枝竹签和两三枝鸡毛所做的，吹起来会发出一种刺耳的声音的哨子，叫作“吹都都”的，吡吡地吹它两三天。

现在看看《陶庵梦忆》[3]，觉得那时的赛会，真是豪奢极了，虽然明人的文章，怕难免有些夸大。因为祷雨而迎龙王，现在也还有的，但办法却已经很简单，不过是十多人盘旋着一条龙，以及村童们扮些海鬼。那时却还要扮故事，而且实在奇拔得可观。他记扮《水浒传》中人物云：“……于是分头四出，寻黑矮汉，寻梢长大汉，

【引读】

赛会是旧时的一种民俗活动，用仪仗和吹打演唱迎神像出庙，巡游于街巷或村庄间，祈求风调雨顺、五谷丰登。这篇文章就记叙了小时候一次去看迎神赛会的经历。不过，盼望观看迎神赛会的急切、兴奋的心情却被父亲强迫背诵《鉴略》而冲淡了。父亲为什么要这样大煞风景呢？

【引读】

“于是，完了。”短短四个字，你能读出失望与惋惜之情来吗？

【引读】

作者以闲书中描写的豪奢的赛会反衬出现实社会所见赛会的令人失望。

对这样盛大的民俗表演场面，作者很是向往。这是否也勾起了你对这种盛况的向往呢？

---

①出自《朝花夕拾》，本篇最初发表于 1926 年 6 月 10 日《莽原》半月刊第一卷第十一期。

②迎神赛会：旧时的一种迷信习俗。用仪仗鼓乐和杂戏迎神出庙，周游街巷，以求消灾赐福。

③《陶庵梦忆》：明代散文集。为明末清初散文家张岱所著，详细描述了明代江浙地区的社会生活。

寻头陀[1]，寻胖大和尚，寻茁壮妇人，寻姣长妇人，寻青面，寻歪头，寻赤须，寻美髯，寻黑大汉，寻赤脸长须。大索城中；无，则之郭，之村，之山僻，之邻府州县。用重价聘之，得三十六人，梁山泊好汉，个个呵活[2]，臻臻至至[3]，人马称娖[4]而行……”这样的白描的活古人，谁能不动一看的雅兴呢？可惜这种盛举，早已和明社一同消灭了。

赛会虽然不象现在上海的旗袍，北京的谈国事，为当局所禁止，然而妇孺们是不许看的，读书人即所谓士子，也大抵不肯赶去看。只有游手好闲的闲人，这才跑到庙前或衙门前去看热闹；我关于赛会的知识，多半是从他们的叙述上得来的，并非考据家所贵重的“眼学”[5]。然而记得有一回，也亲见过较盛的赛会。开首是一个孩子骑马先来，称为“塘报”[6]；过了许久，“高照”[7]到了，长竹竿揭起一条很长的旗，一个汗流浃背的胖大汉用两手托着；他高兴的时候，就肯将竿头放在头顶或牙齿上，甚至于鼻尖。其次是所谓“高跷”，“抬阁”，“马头”了；还有扮犯人的，红衣枷锁，内中也有孩子。我那时觉得这些都是有光荣的事业，与闻其事的即全是大有运气的人，——大概羡慕他们的出风头罢。我想，我为什么不生一场重病，使我的母亲也好到庙里去许下一个“扮犯人”的心愿的

【引读】

从迎神赛会到《陶庵梦忆》中豪奢的赛会，再到亲见较盛的赛会，这些事情可以删去吗？作者写这些事情的目的是什么？

①头陀：梵文 dhūta 的译音。原为佛教僧侣所修的苦行，后指行脚乞食的僧人。

②个个呵活：个个都能胜任自己的位置。

③臻（zhēn）臻至至：殷勤周到。

④称娖（chuò）：行列整齐。

⑤眼学：指亲自阅读研习。出自北齐颜之推《颜氏家训·勉学》：“谈说制文，援引古昔，必须眼学，勿信耳受。”

⑥塘报：指军事情报。浙东一带赛会时，由一个化装的孩子骑马先行，预示赛会队伍即将到来，称“塘报”。

⑦高照：高挂在竹竿上的通告。

呢？……然而我到现在终于没有和赛会发生关系过。

要到东关看五猖会去了。这是我儿时所罕逢的一件盛事。因为那会是全县中最盛的会，东关又是离我家很远的地方，出城还有六十多里水路，在那里有两座特别的庙：一是梅姑庙，就是《聊斋志异》所记，室女守节，死后成神，却篡取别人的丈夫的；现在神座上确塑着一对少年男女，眉开眼笑，殊与“礼教”有妨。其一便是五猖庙了，名目就奇特。据有考据癖的人说：这就是五通神。然而也并无确据。神像是五个男人，也不见有什么猖獗之状；后面列坐着五位太太，却并不“分坐”，远不及北京戏园里界限之谨严。其实呢，这也是殊与“礼教”有妨的，——但他们既然是五猖，便也无法可想，而且自然也就“又作别论”了。

因为东关离城远，大清早大家就起来。昨夜预定好的三道明瓦窗的大船，已经泊在河埠头，船椅，饭菜，茶炊，点心盒子，都在陆续搬下去了。我笑着跳着，催他们要搬得快。忽然，工人的脸色很谨肃了，我知道有些蹊跷，四面一看，父亲就站在我背后。

“去拿你的书来。”他慢慢地说。

这所谓“书”，是指我开蒙时候所读的《鉴略》，因为我再没有第二本了。我们那里上学的岁数是多拣单数的，所以这使我记住我其时是七岁。

我忐忑着，拿了书来了。他使我同坐在堂中央的桌子前，教我一句一句地读下去。我担着心，一句一句地读下去。

两句一行，大约读了二三十行罢，他说：

“给我读熟。背不出，就不准去看会。”

他说完，便站起来，走进房里去了。

我似乎从头上浇了一盆冷水。但是，有什么法子呢？自然是读着，读着，强记着，——而且要背出来。

粤自盘古，生于太荒，

首出御世，肇开混茫。

【引读】

可以去看五猖会了，小小孩童的欢欣溢于言表。注意接下来作者的心情变化。

【引读】

由兴高采烈转为担心去不了，有些忐忑。

【引读】

由忐忑变为无奈、沮丧。

就是这样的书，我现在只记得前四句，别的都忘却了；那时所强记的二三十行，自然也一齐忘却在里面了。记得那时听人说，读《鉴略》比读《千字文》,《百家姓》有用得多，因为可以知道从古到今的大概。知道从古到今的大概，那当然是很好的，然而我一字也不懂。“粤自盘古”就是“粤自盘古”，读下去，记住它，“粤自盘古”呵！“生于太荒”呵！……

应用的物件已经搬完，家中由忙乱转成静肃了。朝阳照着西墙，天气很清朗。母亲，工人，长妈妈即阿长，都无法营救，只默默地静候着我读熟，而且背出来。在百静中，我似乎头里要伸出许多铁钳，将什么“生于太荒”之流夹住；也听到自己急急诵读的声音发着抖，仿佛深秋的蟋蟀，在夜中鸣叫似的。

【引读】

头里要伸出铁钳夹，声音仿佛深秋的蟋蟀在夜中鸣叫，这句话写得真好，你能体会到它好在哪里吗?

他们都等候着；太阳也升得更高了。

我忽然似乎已经很有把握，便即站了起来，拿书走进父亲的书房，一气背将下去，梦似的就背完了。

“不错。去罢。”父亲点着头，说。

大家同时活动起来，脸上都露出笑容，向河埠走去。工人将我高高地抱起，仿佛在祝贺我的成功一般，快步走在最前头。

我却并没有他们那么高兴。开船以后，水路中的风景，盒子里的点心，以及到了东关的五猖会的热闹，对于我似乎都没有什么大意思。

【引读】

终于可以去看盛会了，却又觉得没有多大意思。这情绪的转折，是因为父亲败了我的兴，是因为封建教育方式对儿童天性的束缚和摧残。

直到现在，别的完全忘却，不留一点痕迹了，只有背诵《鉴略》这一段，却还分明如昨日事。

我至今一想起，还诧异我的父亲何以要在那时候叫我来背书。

一九二六年五月二十五日

无　常[①]

【引读】

无常是迷信传说中的“勾魂使者”。鲁迅在迎神赛会和戏剧舞台上看到他居然很高兴，这是什么原因？“正人君子”是当时颇具影响力的知识分子，鲁迅对他们居然很是不喜。这又为什么？

迎神赛会这一天出巡的神，如果是掌握生杀之权的，——不，这生杀之权四个字不大妥，凡是神，在中国仿佛都有些随意杀人的权柄似的，倒不如说是职掌人民的生死大事的罢，就如城隍和东大帝之类。那么，他的卤簿[②]中间就另有一群特别的角色：鬼卒、鬼王，还有活无常。

这些鬼物们，大概都是由粗人和乡下人扮演的。鬼卒和鬼王是红红绿绿的衣裳，赤着脚；蓝脸，上面又画些鱼鳞，也许是龙鳞或别的什么鳞罢，我不大清楚。鬼卒拿着钢叉，叉环振得琅琅地响，鬼王拿的是一块小小的虎头牌。据传说，鬼王是只用一只脚走路的；但他究竟是乡下人，虽然脸上已经画上些鱼鳞或者别的什么鳞，却仍然只得用了两只脚走路。所以看客对于他们不很敬畏，也不大留心，除了念佛老妪和她的孙子们为面面圆到起见，也照例给他们一个“不胜屏营待命之至”[③]的仪节。

至于我们——我相信：我和许多人——所最愿意看的，却在活无常。他不但活泼而诙谐，单是那浑身雪白这一点，在红红绿绿中就有“鹤立鸡群”之概。只要望见一顶白纸的高帽子和他手里的破芭蕉扇的影子，大家就都有些紧张，

---

①出自《朝花夕拾》，本篇最初发表于 1926 年 7 月 10 日《莽原》半月刊第一卷第十三期。

②卤簿：古代帝王外出时在其前后的仪仗队。

③不胜屏营待命之至：旧时官府对上级呈文结束时的套语，这里用作肃立敬畏的意思。

而且高兴起来了。

人民之于鬼物，惟独与他最为稔熟，也最为亲密，平时也常常可以遇见他。譬如城隍庙或东庙中，大殿后面就有一间暗室，叫作“阴司间”，在才可辨色的昏暗中，塑着各种鬼：吊死鬼、跌死鬼、虎伤鬼、科场鬼，……而一进门口所看见的长而白的东西就是他。我虽然也曾瞻仰过一回这“阴司间”，但那时胆子小，没有看明白。听说他一手还拿着铁索，因为他是勾摄生魂的使者。相传樊江东庙的“阴司间”的构造，本来是极其特别的：门口是一块活板，人一进门，踏着活板的这一端，塑在那一端的他便扑过来，铁索正套在你脖子上。后来吓死了一个人，钉实了，所以在我幼小的时候，这就已不能动。

倘使要看个分明，那么，《玉历钞传》上就画着他的像，不过《玉历钞传》也有繁简不同的本子的，倘是繁本，就一定有。身上穿的是斩衰凶服[1]，腰间束的是草绳，脚穿草鞋，项挂纸锭；手上是破芭蕉扇、铁索、算盘；肩膀是耸起的，头发却披下来；眉眼的外梢都向下，象一个“八”字。头上一顶长方帽，下大顶小，按比例一算，该有二尺来高罢；在正面，就是遗老遗少们所戴瓜皮小帽的缀一粒珠子或一块宝石的地方，直写着四个字道：“一见有喜”。有一种本子上，却写的是“你也来了”。这四个字，是有时也见于包公殿的匾额上的，至于他的帽上是何人所写，他自己还是阎罗王，我可没有研究出。

【引读】

有兴趣的同学可以画一画，很有喜感的外貌，画出来一定很有意思。

《玉历钞传》上还有一种和活无常相对的鬼物，装束也相仿，叫作“死有分”。这在迎神时候也有的，但名称却讹作死无常了，黑脸、黑衣，谁也不爱看。在“阴司间”里也有的，胸口靠着墙壁，阴森森地站着；那才真真是“碰

①斩衰凶服：五服中最重的一种。用粗生麻布制成，不缝边，以示无饰。

壁”。凡有进去烧香的人们，必须摩一摩他的脊梁，据说可以摆脱了晦气；我小时也曾摩过这脊梁来，然而晦气似乎终于没有脱，——也许那时不摩，现在的晦气还要重罢，这一节也还是没有研究出。

我也没有研究过小乘佛教的经典，但据耳食之谈①，则在印度的佛经里，焰摩天是有的，牛首阿旁也有的，都在地狱里做主任。至于勾摄生魂的使者的这无常先生，却似乎于古无征，耳所习闻的只有什么“人生无常”之类的话。大概这意思传到中国之后，人们便将他具象化了。这实在是我们中国人的创作。

然而人们一见他，为什么就都有些紧张，而且高兴起来呢？

凡有一处地方，如果出了文士学者或名流，他将笔头一扭，就很容易变成“模范县”。我的故乡，在汉末虽曾经虞仲翔先生揄扬过，但是那究竟太早了，后来到底免不了产生所谓“绍兴师爷”，不过也并非男女老小全是“绍兴师爷”，别的“下等人”也不少。这些“下等人”，要他们发什么“我们现在走的是一条狭窄险阻的小路，左面是一个广漠无际的泥潭，右面也是一片广漠无际的浮砂，前面是遥遥茫茫荫在薄雾的里面的目的地”那样热昏似的妙语，是办不到的，可是在无意中，看得往这“荫在薄雾的里面的目的地”的道路很明白：求婚，结婚，养孩子，死亡。但这自然是专就我的故乡而言，若是“模范县”里的人民，那当然又作别论。他们——敝同乡“下等人”——的许多，活着，苦着，被流言，被反噬，因了积久的经验，知道阳间维持“公理”的只有一个会②，而且这会的本身

【引读】

“模范县”是怎么得来的？“笔头一扭”！居然如此轻而易举。这里是对陈西滢的讽刺。陈西滢是无锡人，他在《闲话》中曾说“无锡是中国的模范县”。

①耳食之谈：指听来的没有根据的话。耳食，以耳吃食，指不加审察，轻信传闻。

②一个会：指1925年12月陈西滢等为压迫北京女师大学生和教育界进步人士而组织的“教育界公理维持会”。

【引读】

辛辣的嘲讽，无情的揭露。

就是“遥遥茫茫”，于是乎势不得不发生对于阴间的神往。人是大抵自以为衔些冤抑的；活的“正人君子”们只能骗鸟，若问愚民，他就可以不假思索地回答你：公正的裁判是在阴间！

想到生的乐趣，生固然可以留恋；但想到生的苦趣，无常也不一定是恶客。无论贵贱，无论贫富，其时都是“一双空手见阎王”，有冤的得伸，有罪的就得罚。然而虽说是“下等人”，也何尝没有反省？自己做了一世人，又怎么样呢？未曾“跳到半天空”么？没有“放冷箭”么？无常的手里就拿着大算盘，你摆尽臭架子也无益。对付别人要滴水不羼的公理，对自己总还不如虽在阴司里也还能够寻到一点私情。然而那又究竟是阴间，阎罗天子、牛首阿旁，还有中国人自己想出来的马面，都是并不兼差，真正主持公理的脚色，虽然他们并没有在报上发表过什么大文章。当还未做鬼之前，有时先不欺心的人们，遥想着将来，就又不能不想在整块的公理中，来寻一点情面的末屑，这时候，我们的活无常先生便见得可亲爱了，利中取大，害中取小，我们的古哲墨翟先生谓之“小取”云。

在庙里泥塑的，在书上墨印的模样上，是看不出他那可爱来的。最好是去看戏。但看普通的戏也不行，必须看“大戏”或者“目连戏”。目连戏的热闹，张岱在《陶庵梦忆》上也曾夸张过，说是要连演两三天。在我幼小时候可已经不然了，也如大戏一样，始于黄昏，到次日的天明便完结。这都是敬神禳[①]灾的演剧，全本里一定有一个恶人，次日的将近天明便是这恶人的收场的时候，“恶贯满盈”，阎王出票来勾摄了，于是乎这活的活无常便在戏台上出现。

我还记得自己坐在这一种戏台下的船上的情形，看客的心情和普通是两样的。平常愈夜深愈懒散，这时却愈起

①禳（ráng）：向鬼神祈祷消除灾殃。

劲。他所戴的纸糊的高帽子，本来是挂在台角上的，这时预先拿进去了；一种特别乐器，也准备使劲地吹。这乐器好象喇叭，细而长，可有七八尺，大约是鬼物所爱听的罢，和鬼无关的时候就不用；吹起来，Nhatu，nhatu，nhatututuu 地响，所以我们叫它“目连嗐头”[①]。

在许多人期待着恶人的没落的凝望中，他出来了，服饰比画上还简单，不拿铁索，也不带算盘，就是雪白的一条莽汉，粉面朱唇，眉黑如漆，蹙着，不知道是在笑还是在哭。但他一出台就须打一百零八个嚏，同时也放一百零八个屁，这才自述他的履历。可惜我记不清楚了，其中有一段大概是这样：——

……

大王出了牌票，叫我去拿隔壁的癞子。

问了起来呢，原来是我堂房的阿侄。

生的是什么病？伤寒，还带痢疾。

看的是什么郎中？下方桥的陈念义 la 儿子。

开的是怎样的药方？附子、肉桂，外加牛膝。

第一煎吃下去，冷汗发出；

第二煎吃下去，两脚笔直。

我道 nga 阿嫂哭得悲伤，暂放他还阳半刻。

大王道我是得钱买放，就将我捆打四十！

这叙述里的“子”字都读作入声。陈念义是越中的名医，俞仲华曾将他写入《荡寇志》[②]里，拟为神仙；可是一到他的令郎，似乎便不大高明了。la 者“的”也；“儿”读若“倪”，倒是古音罢；nga 者，“我的”或“我们的”之意也。

他口里的阎罗天子仿佛也不大高明，竟会误解他的人格，——不，鬼格。但连“还阳半刻”都知道，究竟还不失其“聪明正直之谓神”。不过这惩罚，却给了我们的活无常以不可磨灭的冤苦的印象，一提起，就使他更加蹙紧双眉，捏定

---

①目连嗐(hài)头：绍兴方言，一种加长的号筒。

②《荡寇志》：清代俞万春创作的长篇小说，一名《结水浒传》。此本接续金圣叹评本之七十回水浒传而作，是水浒系列作品中与原著“立场相对”的一本著作。

【引读】

好玩！大家可以模仿着演一演。

破芭蕉扇，脸向着地，鸭子浮水似的跳舞起来。

Nhatu，nhatu，nhatu-nhatu-nhatututuu！目连嗐头也冤苦不堪似的吹着。他因此决定了：——

难是弗放者个！
那怕你，铜墙铁壁！
那怕你，皇亲国戚！
……

“难”者，“今”也；“者个”者“的了”之意，词之决也。“虽有忮心，不怨飘瓦”①，他现在毫不留情了，然而这是受了阎罗老子的督责之故，不得已也。一切鬼众中，就是他有点人情；我们不变鬼则已，如果要变鬼，自然就只有他可以比较的相亲近。

我至今还确凿记得，在故乡时候，和“下等人”一同，常常这样高兴地正视过这鬼而人，理而情，可怖而可爱的无常；而且欣赏他脸上的哭或笑，口头的硬语与谐谈……

迎神时候的无常，可和演剧上的又有些不同了。他只有动作，没有言语，跟定了一个捧着一盘饭菜的小丑似的角色走，他要去吃；他却不给他。另外还加添了两名角色，就是“正人君子”之所谓“老婆儿女”②。凡“下等人”，

---

①虽有忮（zhì）心，不怨飘瓦：出自《庄子·达生》，用在这里的意思是说，心里虽有愤恨，却也不好怨谁了。

②“老婆儿女”：陈西滢在《闲话》中说：“家累日重，需要日多，才智之士，也没法可想，何况一般普通人。因此，依附军阀和依附洋人便成了许多人唯一的路径，就是有些志士，也常常未能免俗。……他们自己可以挨饿，老婆子女却不能不吃饭啊！就是那些直接或间接用苏俄金钱的人，也何尝不是如此。”

都有一种通病：常喜欢以己之所欲，施之于人。虽是对于鬼，也不肯给他孤寂，凡有鬼神，大概总要给他们一对一对地配起来。无常也不在例外。所以，一个是漂亮的女人，只是很有些村妇样，大家都称她无常嫂；这样看来，无常是和我们平辈的，无怪他不摆教授先生的架子。一个是小孩子，小高帽，小白衣；虽然小，两肩却已经耸起了，眉目的外梢也向下。这分明是无常少爷了，大家却叫他阿领[①]，对于他似乎都不很表敬意；猜起来，仿佛是无常嫂的前夫之子似的。但不知何以相貌又和无常有这么象？吁！鬼神之事，难言之矣，只得姑且置之弗论。至于无常何以没有亲儿女，到今年可很容易解释了；鬼神能前知，他怕儿女一多，爱说闲话的就要旁敲侧击地锻成他拿卢布，所以不但研究，还早已实行了“节育”了。

这捧着饭菜的一幕，就是“送无常”。因为他是勾魂使者，所以民间凡有一个人死掉之后，就得用酒饭恭送他。至于不给他吃，那是赛会时候的开玩笑，实际上并不然。但是，和无常开玩笑，是大家都有此意的，因为他爽直，爱发议论，有人情，——要寻真实的朋友，倒还是他妥当。

有人说，他是生人走阴，就是原是人，梦中却入冥去当差的，所以很有些人情。我还记得住在离我家不远的小屋子里的一个男人，便自称是“走无常”，门外常常燃着香烛。但我看他脸上的鬼气反而多。莫非入冥做了鬼，倒会增加人气的么？吁！鬼神之事，难言之矣，这也只得姑且置之弗论了。

一九二六年六月二十三日

①阿领：妇女再嫁时领来的同前夫所生的孩子。

【引读】

一说到鲁迅，我们就会想到他的严肃、冷峻、睿智，他小时候也是这样吗？读这篇文章，你会看到活泼可爱的小鲁迅，样子和我们差不多哟！

【引读】

如此美丽的百草园，让人神往。试着用彩笔把这幅画画下来欣赏一下，或者描述一下类似的场景，描述时，可以用上这段话中的句式“……不必说……也不必说……单是……”

从百草园到三味书屋[①]

我家的后面有一个很大的园，相传叫作百草园。现在是早已并屋子一起卖给朱文公[②]的子孙了，连那最末次的相见也已经隔了七八年，其中似乎确凿只有一些野草；但那时却是我的乐园。

不必说碧绿的菜畦，光滑的石井栏，高大的皂荚树，紫红的桑葚；也不必说鸣蝉在树叶里长吟，肥胖的黄蜂伏在菜花上，轻捷的叫天子（云雀）忽然从草间直窜向云霄里去了。单是周围的短短的泥墙根一带，就有无限趣味。油蛉在这里低唱，蟋蟀们在这里弹琴。翻开断砖来，有时会遇见蜈蚣；还有斑蝥，倘若用手指按住它的脊梁，便会啪的一声，从后窍喷出一阵烟雾。何首乌藤和木莲藤缠络着，木莲有莲房一般的果实，何首乌有臃肿的根。有人说，何首乌根是有象人形的，吃了便可以成仙，我于是常常拔它起来，牵连不断地拔起来，也曾因此弄坏了泥墙，却从来没有见过有一块根象人样。如果不怕刺，还可以摘到覆盆子，象小珊瑚珠攒成的小球，又酸又甜，色味都比桑葚要好得远。

长的草里是不去的，因为相传这园里有一条很大的赤练蛇。

---

①出自《朝花夕拾》，本篇最初发表于1926年10月10日《莽原》半月刊第一卷第十九期。

②朱文公：即朱熹，谥文，世称朱文公。作者绍兴的老屋卖给了一个姓朱的人，文中戏称“卖给朱文公的子孙”。

长妈妈曾经讲给我一个故事听：先前，有一个读书人住在古庙里用功，晚间，在院子里纳凉的时候，突然听到有人在叫他。答应着，四面看时，却见一个美女的脸露在墙头上，向他一笑，隐去了。他很高兴；但竟给那走来夜谈的老和尚识破了机关。说他脸上有些妖气，一定遇见“美女蛇”了；这是人首蛇身的怪物，能唤人名，倘一答应，夜间便要来吃这人的肉的。他自然吓得要死，而那老和尚却道无妨，给他一个小盒子，说只要放在枕边，便可高枕而卧。他虽然照样办，却总是睡不着，——当然睡不着的。到半夜，果然来了，沙沙沙！门外象是风雨声。他正抖作一团时，却听得嚯的一声，一道金光从枕边飞出，外面便什么声音也没有了，那金光也就飞回来，敛在盒子里。后来呢？后来，老和尚说，这是飞蜈蚣，它能吸蛇的脑髓，美女蛇就被它治死了。

结末的教训是：所以倘有陌生的声音叫你的名字，你万不可答应他。

这故事很使我觉得做人之险，夏夜乘凉，往往有些担心，不敢去看墙上，而且极想得到一盒老和尚那样的飞蜈蚣。走到百草园的草丛旁边时，也常常这样想。但直到现在，总还没有得到，但也没有遇见过赤练蛇和美女蛇。叫我名字的陌生声音自然是常有的，然而都不是美女蛇。

冬天的百草园比较的无味；雪一下，可就两样了。拍雪人（将自己的全形印在雪上）和塑雪罗汉需要人们鉴赏，这是荒园，人迹罕至，所以不相宜，只好来捕鸟。薄薄的雪，是不行的；总须积雪盖了地面一两天，鸟雀们久已无处觅食的时候才好。扫开一块雪，露出地面，用一枝短棒支起一面大的竹筛来，下面撒些秕谷，棒上系一条长绳，人远远地牵着，看鸟雀下来啄食，走到竹筛底下的时候，将绳子一拉，便罩住了。但所得的是麻雀居多，也有白颊的“张飞鸟”，性子很躁，养不过夜的。

【引读】

相信你一定记得长妈妈吧，简单回忆一下长妈妈的形象吧。

【引读】

美好童年，故事相伴。你童年时听到过哪些传说呢？当时听故事时你有什么想法？

【引读】

雪天捕鸟，多么好玩啊，真希望牵着长绳的手是我们自己的！这个游戏怎么做的？按照文中的动词，你可以试一试。

【引读】

对闰土有印象吗？如果没有，去读一读鲁迅的《故乡》吧，你会结识一位淳朴能干的新朋友。

【引读】

童年的鲁迅即将上学了，小家伙对私塾有些畏惧，对百草园好多不舍！有些好笑的是，他把家人送自己上学的原因归结为惩罚自己的淘气。嘻嘻！一贯板着脸的鲁迅小时候比我们还孩子气！

【引读】

你是否还记得自己的第一位老师？请用简短的话，描述一下他的样子。

这是闰土的父亲所传授的方法，我却不大能用。明明见它们进去了，拉了绳，跑去一看，却什么都没有，费了半天力，捉住的不过三四只。闰土的父亲是小半天便能捕获几十只，装在叉袋里叫着撞着的。我曾经问他得失的缘由，他只静静地笑道：你太性急，来不及等它走到中间去。

我不知道为什么家里的人要将我送进书塾里去了，而且还是全城中称为最严厉的书塾。也许是因为拔何首乌毁了泥墙罢，也许是因为将砖头抛到间壁的梁家去了罢，也许是因为站在石井栏上跳了下来罢，……都无从知道。总而言之，我将不能常到百草园了。Ade[①]，我的蟋蟀们！Ade，我的覆盆子们和木莲们！……

出门向东，不上半里，走过一道石桥，便是我的先生[②]的家了。从一扇黑油的竹门进去，第三间是书房。中间挂着一块匾道：三味书屋；匾下面是一幅画，画着一只很肥大的梅花鹿伏在古树下。没有孔子牌位，我们便对着那匾和鹿行礼。第一次算是拜孔子，第二次算是拜先生。

第二次行礼时，先生便和蔼地在一旁答礼。他是一个高而瘦的老人，须发都花白了，还戴着大眼镜。我对他很恭敬，因为我早听到，他是本城中极方正、质朴、博学的人。

不知从那里听来的，东方朔也很渊博，他认识一种虫，名曰"怪哉"，冤气所化，用酒一浇，就消释了。我很想详细地知道这故事，但阿长是不知道的，因为她毕竟不渊博。现在得到机会了，可以问先生。

"先生，'怪哉'这虫，是怎么一回事？……"我上了生书，将要退下来的时候，赶忙问。

"不知道！"他似乎很不高兴，脸上还有怒色了。

我才知道做学生是不应该问这些事的，只要读书，因

---

① Ade：德语，再见的意思。

②我的先生：指寿怀鉴（1849—1929），字镜吾，清末秀才。

为他是渊博的宿儒[1]，决不至于不知道，所谓不知道者，乃是不愿意说。年纪比我大的人，往往如此，我遇见过好几回了。

我就只读书，正午习字，晚上对课。先生最初这几天对我很严厉，后来却好起来了，不过给我读的书渐渐加多，对课也渐渐地加上字去，从三言到五言，终于到七言。

三味书屋后面也有一个园，虽然小，但在那里也可以爬上花坛去折腊梅花，在地上或桂花树上寻蝉蜕。最好的工作是捉了苍蝇喂蚂蚁，静悄悄地没有声音。然而同窗们到园里的太多，太久，可就不行了，先生在书房里便大叫起来：——

“人都到那里去了！”

人们便一个一个陆续走回去；一同回去，也不行的。他有一条戒尺，但是不常用，也有罚跪的规则，但也不常用，普通总不过瞪几眼，大声道：——

“读书！”

于是大家放开喉咙读一阵书，真是人声鼎沸。有念“仁远乎哉我欲仁斯仁至矣”的，有念“笑人齿缺曰狗窦大开”的，有念“上九潜龙勿用”的，有念“厥土下上上错厥贡苞茅橘柚”的……先生自己也念书。后来，我们的声音便低下去，静下去了，只有他还大声朗读着：——

“铁如意，指挥倜傥，一座皆惊呢——；金叵罗，颠倒淋漓噫，千杯未醉嗬——……”

我疑心这是极好的文章，因为读到这里，他总是微笑起来，而且将头仰起，摇着，向后面拗过去，拗过去。

先生读书入神的时候，于我们是很相宜的。有几个便用纸糊的盔甲套在指甲上做戏。我是画画儿，用一种叫作

【引读】

学生和老师大声读书的场面，都挺有意思。不过，学生读的句子里，没有标点，老师读的句子里，标点格外丰富。这就值得探究了。你知道原因吗？

①宿儒：书念得很多的老学者。宿，年老的；长久从事某种工作的意思。儒，指读书人。

“荆川纸”的，蒙在小说的绣像上一个个描下来，象习字时候的影写一样。读的书多起来，画的画也多起来；书没有读成，画的成绩却不少了，最成片段的是《荡寇志》和《西游记》的绣像，都有一大本。后来，因为要钱用，卖给一个有钱的同窗了。他的父亲是开锡箔店的；听说现在自己已经做了店主，而且快要升到绅士的地位了。这东西早已没有了罢。

一九二六年九月十八日

父亲的病[1]

【引读】

鲁迅的父亲周伯宜为病魔所缠，又为庸医所误，死时年仅36岁。这篇文章就回忆他儿时为父亲请医治病的经历，描述了几位“名医”的行医态度、作风、开方等种种表现，揭示了这些人巫医不分、故弄玄虚、勒索钱财、草菅人命的实质。

大约十多年前罢，S城[2]中曾经盛传过一个名医的故事：

他出诊原来是一元四角，特拔十元，深夜加倍，出城又加倍。有一夜，一家城外人家的闺女生急病，来请他了，因为他其时已经阔得不耐烦，便非一百元不去。他们只得都依他。待去时，却只是草草地一看，说道“不要紧的”，开一张方，拿了一百元就走。那病家似乎很有钱，第二天又来请了。他一到门，只见主人笑面承迎，道，“昨晚服了先生的药，好得多了，所以再请你来复诊一回。”仍旧引到房里，老妈子便将病人的手拉出帐外来。他一按，冷冰冰的，也没有脉，于是点点头道，“唔，这病我明白了。”从从容容走到桌前，取了药方纸，提笔写道：

“凭票付英洋壹百元正。”下面是署名，画押。

“先生，这病看来很不轻了，用药怕还得重一点罢。”主人在背后说。

“可以。”他说。于是另开了一张方：

“凭票付英洋贰佰元正。”下面仍是署名，画押。

【引读】

前面说不要紧的，拿了一百元就走；这里病人已冷冰冰的，没有脉，说“凭票付英洋贰佰元正”，这是医疗事故后的封口费。你看出来了吗？

这样，主人就收了药方，很客气地送他出来了。

我曾经和这名医周旋过两整年，因为他隔日一回，来诊我的父亲的病。那时虽然已经很有名，但还不至于阔得

①出自《朝花夕拾》，本篇最初发表于1926年11月10日《莽原》半月刊第一卷第二十一期。

②S城：这里指绍兴城。

这样不耐烦；可是诊金却已经是一元四角。现在的都市上，诊金一次十元并不算奇，可是那时是一元四角已是巨款，很不容易张罗的了；又何况是隔日一次。他大概的确有些特别，据舆论说，用药就与众不同。我不知道药品，所觉得的，就是“药引”的难得，新方一换，就得忙一大场。先买药，再寻药引。“生姜”两片，竹叶十片去尖，他是不用的了。起码是芦根，须到河边去掘；一到经霜三年的甘蔗，便至少也得搜寻两三天。可是说也奇怪，大约后来总没有购求不到的。

据舆论说，神妙就在这地方。先前有一个病人，百药无效；待到遇见了什么叶天士先生，只在旧方上加了一味药引：梧桐叶。只一服，便霍然而愈了。“医者，意也。”其时是秋天，而梧桐先知秋气。其先百药不投，今以秋气动之，以气感气，所以……我虽然并不了然，但也十分佩服，知道凡有灵药，一定是很不容易得到的，求仙的人，甚至于还要拼了性命，跑进深山里去采呢。

这样有两年，渐渐地熟识，几乎是朋友了。父亲的水肿是逐日利害，将要不能起床；我对于经霜三年的甘蔗之流也逐渐失了信仰，采办药引似乎再没有先前一般踊跃了。正在这时候，他有一天来诊，问过病状，便极其诚恳地说：

“我所有的学问，都用尽了。这里还有一位陈莲河先生，本领比我高。我荐他来看一看，我可以写一封信。可是，病是不要紧的，不过经他的手，可以格外好得快……”

这一天似乎大家都有些不欢，仍然由我恭敬地送他上轿。进来时，看见父亲的脸色很异样，和大家谈论，大意是说自己的病大概没有希望的了；他因为看了两年，毫无效验，脸又太熟了，未免有些难以为情，所以等到危急时候，便荐一个生手自代，和自己完全脱了干系。但另外有什么法子呢？本城的名医。除他之外，实在也只有一个陈莲河了。明天就请陈莲河。

陈莲河的诊金也是一元四角。但前回的名医的脸是圆而胖的，他却长而胖了：这一点颇不同。还有用药也不同，前回的名医是一个人还可以办的，这一回却是一个人有些办不妥帖了，因为他一张药方上，总兼有一种特别的丸散和一种奇特的药引。

芦根和经霜三年的甘蔗，他就从来没有用过。最平常的是“蟋蟀一对”，旁注小字道：“要原配，即本在一窠中者。”似乎昆虫也要贞节，续弦或再醮，连做药资格也丧失了。但这差使在我并不为难，走进百草园，十对也容易得，将它们用线一缚，活活地掷入沸汤中完事。然而还有“平地木十株”呢，这可谁也不知道是什么东西了，问药店，问乡下人，问卖草药的，问老年人，问读书人，问木匠，都只是摇摇头，临末才记起了那远房的叔祖，爱种一点花木的老人，跑去一问，他果然知道，是生在山中树下的一种小树，能结红子如小珊瑚珠的，普通都称为“老弗大”。

“踏破铁鞋无觅处，得来全不费工夫。”药引寻到了，然而还有一种特别的丸药：败鼓皮丸。这“败鼓皮丸”就是用打破的旧鼓皮做成；水肿一名鼓胀，一用打破的鼓皮自然就可以克伏他。清朝的刚毅因为憎恨“洋鬼子”，预备打他们，练了些兵称作“虎神营”，取虎能食羊，神能伏鬼的意思，也就是这道理。可惜这一种神药，全城中只有一家出售的，离我家就有五里，但这却不象平地木那样，必须暗中摸索了，陈莲河先生开方之后，就恳切详细地给我们说明。

“我有一种丹，”有一回陈莲河先生说，“点在舌上，我想一定可以见效。因为舌乃心之灵苗……价钱也并不贵，只要两块钱一盒……”

我父亲沉思了一会，摇摇头。

“我这样用药还会不大见效，”有一回陈莲河先生又说，“我想，可以请人看一看，可有什么冤愆[①]……医能医病，不能医命，对不对？自然，这也许是前世的事……”

我的父亲沉思了一会，摇摇头。

凡国手，都能够起死回生的，我们走过医生的门前，常可以看见这样的扁额。现在是让步一点了，连医生自己也说道：“西医长于外科，中医长于内科。”但是S城那时不但没有西医，并且谁也还没有想到天下有所谓西医，因此无论什么，都只能由轩辕岐伯[①]的嫡派门徒包办。轩辕

①冤愆（qiān）：冤仇罪过。迷信说法，冤鬼作祟，要求偿债索命之类。

【引读】

用挺奇怪的“药引”，故弄玄虚，糊弄病人家属，显摆自己高明，名医的名气是不是因此而来呢？反正不是因为医术高超、医德高尚得来的。

【引读】

一个医生劝病人去请和尚道士看冤愆，不靠医学靠迷信，真是巫医不分，昏聩无能！

时候是巫医不分的，所以直到现在，他的门徒就还见鬼，而且觉得“舌乃心之灵苗”。这就是中国人的“命”，连名医也无从医治的。

不肯用灵丹点在舌头上，又想不出“冤愆”来，自然，单吃了一百多天的“败鼓皮丸”有什么用呢？依然打不破水肿，父亲终于躺在床上喘气了。还请一回陈莲河先生，这回是特拔，大洋十元。他仍旧泰然的开了一张方，但已停止败鼓皮丸不用，药引也不很神妙了，所以只消半天，药就煎好，灌下去，却从口角上回了出来。

【引读】

两位名中医都没有治好父亲的病，鲁迅希望解救像父亲一样人的病痛，于是，他后来赴日本学西医，相关经历，大家可以读一读《藤野先生》。

从此我便不再和陈莲河先生周旋，只在街上有时看见他坐在三名轿夫的快轿里飞一般抬过；听说他现在还康健，一面行医，一面还做中医什么学报，正在和只长于外科的西医奋斗哩。

中西的思想确乎有一点不同。听说中国的孝子们，一到将要“罪孽深重祸延父母”的时候，就买几斤人参，煎汤灌下去，希望父母多喘几天气，即使半天也好。我的一位教医学的先生却教给我医生的职务道：可医的应该给他医治，不可医的应该给他死得没有痛苦。——但这先生自然是西医。

父亲的喘气颇长久，连我也听得很吃力，然而谁也不能帮助他。我有时竟至于电光一闪似的想道：“还是快一点喘完了罢……”立刻觉得这思想就不该，就是犯了罪；但同时又觉得这思想实在是正当的，我很爱我的父亲。便是现在，也还是这样想。

早晨，住在一门里的衍太太进来了。她是一个精通礼节的妇人，说我们不应该空等着。于是给他换衣服；又将纸锭和一种什么《高王经》烧成灰，用纸包了给他捏在拳

---

①轩辕岐伯：指古代名医。轩辕即黄帝，传说中的上古帝王。岐伯，中国上古时期著名的医学家，道家名人。

头里……

“叫呀，你父亲要断气了。快叫呀！”衍太太说。

“父亲！父亲！”我就叫起来。

“大声！他听不见。还不快叫？！”

“父亲！！！父亲！！！”

他已经平静下去的脸，忽然紧张了，将眼微微一睁，仿佛有一些苦痛。

“叫呀！快叫呀！”她催促说。

“父亲！！！”

“什么呢？……不要嚷……不……”他低低地说，又较急地喘着气，好一会，这才复了原状，平静下去了。

“父亲！！！”我还叫他，一直到他咽了气。

我现在还听到那时的自己的这声音，每听到时，就觉得这却是我对于父亲的最大的错处。

一九二六年十月七日

【引读】

在父亲临终的时候，鲁迅一直叫他，希望他在人间弥留的时间更长一点。可是，鲁迅觉得这是自己对于父亲最大的错处。你理解鲁迅刻骨铭心的负疚感从何而来吗？

【引读】

这篇文章介绍了鲁迅先生冲破封建束缚，为追求新知识，离家求学至出国留学的一段生活经历。作品描述了当时的江南水师学堂和矿路学堂的种种弊端和求知的艰难，批评了洋务派办学的“乌烟瘴气”。也记述了最初接触进化论的兴奋心情和不顾老辈反对，如饥似渴地阅读《天演论》的情景，表现出探求真理的强烈欲望。读这篇文章，可以设身处地想想，如果你是鲁迅，你会做出和他一样的选择吗？

琐记①

衍太太现在是早已经做了祖母，也许竟做了曾祖母了；那时却还年青，只有一个儿子比我大三四岁。她对自己的儿子虽然狠，对别家的孩子却好的，无论闹出什么乱子来，也决不去告诉各人的父母，因此我们就最愿意在她家里或她家的四近玩。

举一个例说罢，冬天，水缸里结了薄冰的时候，我们大清早起一看见，便吃冰。有一回给沈四太太看到了，大声说道：“莫吃呀，要肚子疼的呢！”这声音又给我母亲听到了，跑出来我们都挨了一顿骂，并且有大半天不准玩。我们推论祸首，认定是沈四太太，于是提起她就不用尊称了，给她另外起了一个绰号，叫作“肚子疼”。

衍太太却决不如此。假如她看见我们吃冰，一定和蔼地笑着说，“好，再吃一块。我记着，看谁吃的多。”

【引读】

你喜欢这样和蔼微笑的衍太太吗？如果喜欢，那你可要小心肚子疼了。她表面上对孩子好，其实是暗中使坏的，当心吃亏！

但我对于她也有不满足的地方。一回是很早的时候了，我还很小，偶然走进她家去，她正在和她的男人看书。我走近去，她便将书塞在我的眼前道，“你看，你知道这是什么？”我看那书上画着房屋，有两个人光着身子仿佛在打架，但又不很象。正迟疑间，他们便大笑起来了。这使我很不高兴，似乎受了一个极大的侮辱，不到那里去大约有十多天。一回是我已经十多岁了，和几个孩子比赛打旋子，看谁旋得多。她就从旁计着数，说道，“好，八十二

①出自《朝花夕拾》，本篇最初发表于1926年11月25日《莽原》半月刊第一卷第二十二期。

个了！再旋一个，八十三！好，八十四！……”但正在旋着的阿祥，忽然跌倒了，阿祥的婶母也恰恰走进来。她便接着说道，“你看，不是跌了么？不听我的话。我叫你不要旋，不要旋……。”

虽然如此，孩子们总还喜欢到她那里去。假如头上碰得肿了一大块的时候，去寻母亲去罢，好的是骂一通，再给擦一点药；坏的是没有药擦，还添几个栗凿和一通骂。衍太太却决不埋怨，立刻给你用烧酒调了水粉，搽在疙瘩上，说这不但止痛，将来还没有瘢痕。

父亲故去之后，我也还常到她家里去，不过已不是和孩子们玩耍了，却是和衍太太或她的男人谈闲天。我其时觉得很有许多东西要买，看的和吃的，只是没有钱。有一天谈到这里，她便说道，“母亲的钱，你拿来用就是了，还不就是你的么？”我说母亲没有钱，她就说可以拿首饰去变卖；我说没有首饰，她却道，“也许你没有留心。到大厨的抽屉里，角角落落去寻去，总可以寻出一点珠子这类东西……。”

这些话我听去似乎很异样，便又不到她那里去了，但有时又真想去打开大厨，细细地寻一寻。大约此后不到一月，就听到一种流言，说我已经偷了家里的东西去变卖了，这实在使我觉得有如掉在冷水里。流言的来源，我是明白的，倘是现在，只要有地方发表，我总要骂出流言家的狐狸尾巴来，但那时太年青，一遇流言，便连自己也仿佛觉得真是犯了罪，怕遇见人们的眼睛，怕受到母亲的爱抚。

好。那么，走罢！

但是，那里去呢？S城人的脸早经看熟，如此而已，连心肝也似乎有些了然。总得寻别一类人们去，去寻为S城人所诟病的人们，无论其为畜生或魔鬼。那时为全城所笑骂的是一个开得不久的学校，叫作中西学堂，汉文之外，又教些洋文和算学。然而已经成为众矢之的了；熟读圣贤

【引读】

流言的来源，作者明白，你一定也明白了吧。

【引读】

一个“好”字，百感交集，那里有无法辩驳的委屈，有遭遇别人怀疑眼神时的心痛，有给不幸家庭带来流言的愧怍。

书的秀才们，还集了《四书》的句子，做一篇八股来嘲诮它，这名文便即传遍了全城，人人当作有趣的话柄。我只记得那“起讲”的开头是：

“徐子以告夷子曰：吾闻用夏变夷者，未闻变于夷者也。今也不然：鸠舌之音，闻其声，皆雅言也……。”

以后可忘却了，大概也和现今的国粹保存大家的议论差不多。但我对于这中西学堂，却也不满足，因为那里面只教汉文、算学、英文和法文。功课较为别致的，还有杭州的求是书院，然而学费贵。

无须学费的学校在南京，自然只好往南京去。第一个进去的学校，目下不知道称为什么了，光复①以后，似乎有一时称为雷电学堂，很象《封神榜》上“太极阵”“混元阵”一类的名目。总之，一进仪凤门②，便可以看见它那二十丈高的桅杆和不知多高的烟通。功课也简单，一星期中，几乎四整天是英文：“It is a cat.”“Is it a rat？”一整天是读汉文：“君子曰，颍考叔可谓纯孝也已矣，爱其母，施及庄公。”一整天是做汉文：《知己知彼百战百胜论》，《颍考叔论》，《云从龙风从虎论》，《咬得菜根则百事可做论》。

初进去当然只能做三班生，卧室里是一桌一凳一床，床板只有两块。头二班学生就不同了，二桌二凳或三凳一床，床板多至三块。不但上讲堂时挟着一堆厚而且大的洋书，气昂昂地走着，绝非只有一本“泼赖妈”③和四本《左传》的三班生所敢正视；便是空着手，也一定将肘弯撑开，象一只螃蟹，低一班的在后面总不能走出他之前。这一种螃蟹式的名公巨卿，现在都阔别得很久了，前四五年，竟在教育部的破脚躺椅上，发现了这姿势，然而这位老爷却

【引读】

螃蟹的比喻让人忍俊不禁。将肘弯撑开的样子和螃蟹形似也就罢了，关键是将我就是天下第一般横行的态势比喻得太逼真了！

①光复：这里指1911年的辛亥革命。

②仪凤门：当时南京城北的一个城门。

③泼赖妈：英语Primer的音译，初级读本的意思。

并非雷电学堂出身的，可见螃蟹态度，在中国也颇普遍。

可爱的是桅杆。但并非如“东邻”的“支那通”[①]所说，因为它“挺然翘然”，又是什么的象征。乃是因为它高，乌鸦喜鹊，都只能停在它的半途的木盘上。人如果爬到顶，便可以近看狮子山，远眺莫愁湖，——但究竟是否真可以眺得那么远，我现在可委实有点记不清楚了。而且不危险，下面张着网，即使跌下来，也不过如一条小鱼落在网子里；况且自从张网以后，听说也还没有人曾经跌下来。

原先还有一个池，给学生学游泳的，这里面却淹死了两个年幼的学生。当我进去时，早填平了，不但填平，上面还造了一所小小的关帝庙。庙旁是一座焚化字纸的砖炉，炉口上方横写着四个大字道：“敬惜字纸”。只可惜那两个淹死鬼失了池子，难讨替代[②]，总在左近徘徊，虽然已有“伏魔大帝关圣帝君”镇压着。办学的人大概是好心肠的，所以每年七月十五，总请一群和尚到雨天操场来放焰口，一个红鼻而胖的大和尚戴上毗卢帽，捏诀，念咒：“回资罗，普弥耶吽，唵耶吽！唵！耶！吽！”

我的前辈同学被关圣帝君镇压了一整年，就只在这时候得到一点好处，——虽然我并不深知是怎样的好处。所以当这些时，我每每想：做学生总得自己小心些。

总觉得不大合适，可是无法形容出这不合适来。现在是发现了大致相近的字眼了，“乌烟瘴气”，庶几乎其可也。只得走开。近来是单是走开也就不容易，“正人君子”者流会说你骂人骂到聘书，或者是发“名士”脾气，给你几句正经的俏皮话。不过那时还不打紧，学生所得的津贴，第一年不过二两银子，最初三个月的试习期内是零用五百文。于是毫无问题，去考矿路学堂去了，也许是矿路学堂，已经有些记不真，文凭又不在手头，更无从查考。试验并不难，录取的。

这回不是 It is a cat 了，是 Der Mann，Des Weib，Das Kind。汉文仍旧是“颖考叔可谓纯孝也已矣”，但外加《小学集注》。论文题目也小有不同，譬如《工欲善其事必先利其器论》，是先前没有做过的。

此外还有所谓格致[③]、地学、金石学……都非常新鲜。但是还得声明：后两项，

---

①支那通：支那是近代日本侵略者对中国的蔑称。支那通，指研究和通晓中国情况的日本人。这里是讽刺安岗秀夫。

②讨替代：即找替死鬼。

③格致：“格物致知”的略语。清末时讲西学的人对物理、化学等自然科学的总称。

就是现在之所谓地质学和矿物学，并非讲舆地[1]和钟鼎碑版的。只是画铁轨横断面图却有些麻烦，平行线尤其讨厌。但第二年的总办是一个新党[2]，他坐在马车上的时候大抵看着《时务报》，考汉文也自己出题目，和教员出的很不同。有一次是《华盛顿论》，汉文教员反而惴惴地来问我们道："华盛顿是什么东西呀？……"

【引读】

这是让人啼笑皆非的细节，足够让人记一辈子！

看新书的风气便流行起来，我也知道了中国有一部书叫《天演论》。星期日跑到城南去买了来，白纸石印的一厚本，价五百文正。翻开一看，是写得很好的字，开首便道：

"赫胥黎独处一室之中，在英伦之南，背山而面野，槛外诸境，历历如在机下。乃悬想二千年前，当罗马大将恺撒未到时，此间有何景物？计惟有天造草昧……"

哦，原来世界上竟还有一个赫胥黎坐在书房里那么想，而且想得那么新鲜？一口气读下去，"物竞""天择"也出来了，苏格拉第、柏拉图也出来了，斯多葛也出来了。学堂里又设立了一个阅报处，《时务报》不待言，还有《译学汇编》，那书面上的张廉卿一流的四个字，就蓝得很可爱。

"你这孩子有点不对了，拿这篇文章去看去，抄下来去看去。"一位本家的老辈严肃地对我说，而且递过一张报纸来。接来看时，"臣许应　跪奏……"，那文章现在是一句也不记得了，总之是参康有为变法的，也不记得可曾抄了没有。

仍然自己不觉得有什么"不对"，一有闲空，就照例地吃侉饼、花生米、辣椒，看《天演论》。

但我们也曾经有过一个很不平安的时期。那是第二年，听说学校就要裁撤了。这也无怪，这学堂的设立，原是因为两江总督（大约是刘坤一罢）听到青龙山的煤矿出息好，所

---

①舆地：地理。

②新党：清代对主张或倾向维新的人的称呼。辛亥革命前后，也用来称呼革命党人及拥护革命的人。

以开手的。待到开学时，煤矿那面却已将原先的技师辞退，换了一个不甚了然的人了。理由是：一、先前的技师薪水太贵；二、他们觉得开煤矿并不难。于是不到一年，就连煤在那里也不甚了然起来，终于是所得的煤，只能供烧那两架抽水机之用，就是抽了水掘煤，掘出煤来抽水，结一笔出入两清的账。既然开矿无利，矿路学堂自然也就无须乎开了，但是不知怎的，却又并不裁撤。到第三年我们下矿洞去看的时候，情形实在颇凄凉，抽水机当然还在转动，矿洞里积水却有半尺深，上面也点滴而下，几个矿工便在这里面鬼一般工作着。

毕业，自然大家都盼望的，但一到毕业，却又有些爽然若失。爬了几次桅，不消说不配做半个水兵；听了几年讲，下了几回矿洞，就能掘出金银铜铁锡来么？实在连自己也茫无把握，没有做《工欲善其事必先利其器论》的那么容易。爬上天空二十丈和钻下地面二十丈，结果还是一无所能，学问是“上穷碧落下黄泉，两处茫茫皆不见”了。所余的还只有一条路：到外国去。

留学的事，官僚也许可了，派定五名到日本去。其中的一个因为祖母哭得死去活来，不去了，只剩了四个。日本是同中国很两样的，我们应该如何准备呢？有一个前辈同学在，比我们早一年毕业，曾经游历过日本，应该知道些情形。跑去请教之后，他郑重地说：

“日本的袜是万不能穿的，要多带些中国袜。我看纸票也不好，你们带去的钱不如都换了他们的现银。”

四个人都说遵命。别人不知其详，我是将钱都在上海换了日本的银圆，还带了十双中国袜——白袜。

后来呢？后来，要穿制服和皮鞋，中国袜完全无用；一元的银圆日本早已废置不用了，又赔钱换了半元的银圆和纸票。

一九二六年十月八日

【引读】

呼应“爬桅杆”和“下矿洞”两段学习经历，南京水师学堂和矿路学堂是“洋务派”所办的新式学堂，可还是没有给鲁迅出路，这为后文出国做了铺垫。

【引读】

这一篇文章记录了鲁迅在日本留学期间的经历。在日本军国主义影响下，当时很多日本人对中国人抱有狭隘的民族偏见。但藤野先生并不如此，他对来自中国的鲁迅毫不歧视，倍加爱护，并以自己的高尚品质给鲁迅以极大的影响。然而，鲁迅最终还是放弃了跟随他生平最敬爱的先生学习医学，摈弃了科学救国的改良主义道路，走上了另外一条道路，这是为什么呢？

【引读】

“东京也无非是这样”，不远万里到这里留学，寻求救国救民的道路，可是作者对东京也充满了失望。作者对东京的什么失望？

藤野先生①

东京也无非是这样。上野的樱花烂漫的时节，望去确也象绯红的轻云，但花下也缺不了成群结队的“清国留学生”的速成班，头顶上盘着大辫子，顶得学生制帽的顶上高高耸起，形成一座富士山。也有解散辫子，盘得平的，除下帽来，油光可鉴②，宛如小姑娘的发髻一般，还要将脖子扭几扭。实在标致③极了。

中国留学生会馆的门房里有几本书买，有时还值得去一转；倘在上午，里面的几间洋房里倒也还可以坐坐的。但到傍晚，有一间的地板便常不免要咚咚咚地响得震天，兼以满房烟尘斗乱；问问精通时事④的人，答道，“那是在学跳舞。”

到别的地方去看看，如何呢？

我就往仙台的医学专门学校去。从东京出发，不久便到一处驿站，写道：日暮里。不知怎地，我到现在还记得这名目。其次却只记得水户了，这是明的遗民朱舜水⑤先

---

①出自《朝花夕拾》，本篇最初发表于1926年12月10日《莽原》半月刊第一卷第二十三期。

②油光可鉴：这里是说，头发上抹油，梳得很光亮，像镜子一样可以照人。鉴，照。

③标致：漂亮。这里是反语，用来讽刺。

④精通时事：这是讽刺的说法。他们“精通”的“时事”其实是一些无聊的事情。

⑤朱舜水：浙江余姚人，明朝学者、教育家。明亡后曾进行反清复明活动，失败后长住日本讲学，客死水户。

生客死的地方。仙台是一个市镇，并不大；冬天冷得利害；还没有中国的学生。

大概是物以稀为贵罢。北京的白菜运往浙江，便用红头绳系住菜根，倒挂在水果店头，尊为“胶菜”；福建野生着的芦荟，一到北京就请进温室，且美其名曰“龙舌兰”。我到仙台也颇受了这样的优待，不但学校不收学费，几个职员还为我的食宿操心。我先是住在监狱旁边一个客店里的，初冬已经颇冷，蚊子却还多，后来用被盖了全身，用衣服包了头脸，只留两个鼻孔出气。在这呼吸不息的地方，蚊子竟无从插嘴，居然睡安稳了。饭食也不坏。但一位先生却以为这客店也包办囚人的饭食，我住在那里不相宜，几次三番，几次三番地说。我虽然觉得客店兼办囚人的饭食和我不相干，然而好意难却，也只得别寻相宜的住处了。于是搬到别一家，离监狱也很远，可惜每天总要喝难以下咽的芋梗汤。

【引读】

不收学费，操心食宿，鲁迅在仙台确实受到了优待。但作者推测自己受优待的原因是“物以稀为贵”，就有深意了。设身处地想想，如果你是鲁迅，你愿意因为“稀少”而受到优待吗？

从此就看见许多陌生的先生，听到许多新鲜的讲义。解剖学是两个教授分任的。最初是骨学。其时进来的是一个黑瘦的先生，八字须，戴着眼镜，挟着一叠大大小小的书。一将书放在讲台上，便用了缓慢而很有顿挫的声调，向学生介绍自己道：——

“我就是叫作藤野严九郎的……”

后面有几个人笑起来了。他接着便讲述解剖学在日本发达的历史，那些大大小小的书，便是从最初到现今关于这一门学问的著作。起初有几本是线装的；还有翻刻中国译本的，他们的翻译和研究新的医学，并不比中国早。

【引读】

还记得三味书屋里的先生长什么样子吗？“他是一个高而瘦的老人，须发都花白了，还戴着大眼镜。”两段描写都是简练的几笔，没有粉饰，没有渲染，但写得栩栩如生，显示出人物鲜明的性格，这种写法叫白描。

那坐在后面发笑的是上学年不及格的留级学生，在校已经一年，掌故颇为熟悉的了。他们便给新生讲演每个教授的历史。这藤野先生，据说是穿衣服太模胡[1]了，有时

[1]模胡：同“模糊”，全书正文同。

竟会忘记戴领结；冬天是一件旧外套，寒颤颤的，有一回上火车去，致使管车的疑心他是扒手，叫车里的客人小心些。

他们的话大概是真的，我就亲见他有一次上讲堂没有戴领结。

过了一星期，大约是星期六，他使助手来叫我了。到得研究室，见他坐在人骨和许多单独的头骨中间，——他其时正在研究着头骨，后来有一篇论文在本校的杂志上发表出来。

“我的讲义，你能抄下来么？”他问。

“可以抄一点。”

“拿来我看！”

我交出所抄的讲义去，他收下了，第二三天便还我，并且说，此后每一星期要送给他看一回。我拿下来打开看时，很吃了一惊，同时也感到一种不安和感激。原来我的讲义已经从头到末，都用红笔添改过了，不但增加了许多脱漏的地方，连文法的错误，也都一一订正。这样一直继续到教完了他所担任的功课：骨学、血管学、神经学。

【引读】

透过添改的讲义，可以窥见藤野先生对工作的极度认真负责，对学生的殷切希望。

可惜我那时太不用功，有时也很任性。还记得有一回藤野先生将我叫到他的研究室里去，翻出我那讲义上的一个图来，是下臂的血管，指着，向我和蔼地说道：——

“你看，你将这条血管移了一点位置了。——自然，这样一移，的确比较的好看些，然而解剖图不是美术，实物是那么样的，我们没法改换它。现在我给你改好了，以后你要全照着黑板上那样的画。”

但是我还不服气，口头答应着，心里却想道：——

“图还是我画的不错；至于实在的情形，我心里自然记得的。”

学年试验完毕之后，我便到东京玩了一夏天，秋初再回学校。成绩早已发表了，同学一百余人之中，我在中间，不过是没有落第。这回藤野先生所担任的功课，是解剖实习和局部解剖学。

解剖实习了大概一星期，他又叫我去了，很高兴地，仍用了极有抑扬的声调对我说道：——

“我因为听说中国人是很敬重鬼的，所以很担心，怕你不肯解剖尸体。现在总算放心了，没有这回事。”

但他也偶有使我很为难的时候。他听说中国的女人是裹脚的，但不知道详细，所以要问我怎么裹法，足骨变成怎样的畸形，还叹息道，“总要看一看才知道。究竟是怎么一回事呢？”

有一天，本级的学生会干事到我寓里来了，要借我的讲义看。我检出来交给他们，却只翻检了一通，并没有带走。但他们一走，邮差就送到一封很厚的信，拆开看时，第一句是：——

“你改悔罢！”

这是《新约》上的句子罢，但经托尔斯泰新近引用过的。其时正值日俄战争①，托老先生便写了一封给俄国和日本的皇帝的信，开首便是这一句。日本报纸上很斥责他的不逊，爱国青年②也愤然，然而暗地里却早受了他的影响了。其次的话，大略是说上年解剖学试验的题目，是藤野先生讲义上做了记号，我预先知道的，所以能有这样的成绩。末尾是匿名。

我这才回忆到前几天的一件事。因为要开同级会，干事便在黑板上写广告，末一句是“请全数到会勿漏为要”，

【引读】

“中国是弱国，所以中国人当然是低能儿”，你认同这种逻辑吗？你觉得作者认同这种逻辑吗？从这句话中，你是否读出了一个弱国国民受到歧视后的辛酸与愤懑？

---

①日俄战争：指1904年2月至1905年9月日俄两国为争夺在中国东北和朝鲜的权益而进行的战争。战争主要在中国进行，而清政府竟屈辱地宣布中立。

②爱国青年：这是讽刺的说法。指当时日本一些受军国主义思想影响而妄自尊大、盲目忠君的青年。

【引读】

鲁迅原是抱着寻求救国道路的心愿到日本学医的。他说："我的梦很美满，预备卒业回来，救治像我父亲似的被误的病人的疾苦，战争时便去当军医，一面又促进了国人对于维新的信仰。"但他看了影片以后，学医的想法有了改变。他说："从那回以后，我便觉得医学并非一件紧要的事，凡是愚弱的国民，即使体格如何健全，如何茁壮，也只能做毫无意义的示众的材料和看客。""我们的第一要著，是在改变他们的精神，而善于改变精神的是，我那时以为当然要推文艺，于是想提倡文艺运动了。"

而且在"漏"字旁边加了一个圈。我当时虽然觉到圈得可笑，但是毫不介意，这回才悟出那字也在讥刺我了，犹言我得了教员漏泄出来的题目。

我便将这事告知了藤野先生；有几个和我熟识的同学也很不平，一同去诘责[①]干事托辞检查的无礼，并且要求他们将检查的结果，发表出来。终于这流言消灭了，干事却又竭力运动，要收回那一封匿名信去。结末是我便将这托尔斯泰式的信退还了他们。

中国是弱国，所以中国人当然是低能儿，分数在六十分以上，便不是自己的能力了：也无怪他们疑惑。但我接着便有参观枪毙中国人的命运了。第二年添教霉菌学，细菌的形状是全用电影来显示的，一段落已完而还没有到下课的时候，便影几片时事的片子，自然都是日本战胜俄国的情形。但偏有中国人夹在里边：给俄国人做侦探，被日本军捕获，要枪毙了，围着看的也是一群中国人；在讲堂里的还有一个我。

"万岁！"他们都拍掌欢呼起来。

这种欢呼，是每看一片都有的，但在我，这一声却特别听得刺耳。此后回到中国来，我看见那些闲看枪毙犯人的人们，他们也何尝不酒醉似的喝彩，——呜呼，无法可想！但在那时那地，我的意见却变化了。

到第二学年的终结，我便去寻藤野先生，告诉他我将不学医学，并且离开这仙台。他的脸色仿佛有些悲哀，似乎想说话，但竟没有说。

"我想去学生物学，先生教给我的学问，也还有用的。"其实我并没有决意要学生物学，因为看得他有些凄然，便说了一个慰安他的谎话。

"为医学而教的解剖学之类，怕于生物学也没有什么

---

①诘（jié）责：质问并责备。

大帮助。”他叹息说。

将走的前几天，他叫我到他家里去，交给我一张照相，后面写着两个字道：“惜别”，还说希望将我的也送他。但我这时适值没有照相了；他便叮嘱我将来照了寄给他，并且时时通信告诉他此后的状况。

我离开仙台之后，就多年没有照过相，又因为状况也无聊，说起来无非使他失望，便连信也怕敢写了。经过的年月一多，话更无从说起，所以虽然有时想写信，却又难以下笔，这样的一直到现在，竟没有寄过一封信和一张照片。从他那一面看起来，是一去之后，杳无消息了。

但不知怎地，我总还时时记起他，在我所认为我师的之中，他是最使我感激，给我鼓励的一个。有时我常常想：他的对于我的热心的希望，不倦的教诲，小而言之，是为中国，就是希望中国有新的医学；大而言之，是为学术，就是希望新的医学传到中国去。他的性格，在我的眼里和心里是伟大的，虽然他的姓名并不为许多人所知道。

【引读】

藤野先生为什么对我这么好？“为中国”“为学术”，这句话很重要。

他所改正的讲义，我曾经订成三厚本，收藏着的，将作为永久的纪念。不幸七年前迁居的时候，中途毁坏了一口书箱，失去半箱书，恰巧这讲义也遗失在内了。责成运送局去找寻，寂无回信。只有他的照相至今还挂在我北京寓居的东墙上，书桌对面。每当夜间疲倦，正想偷懒时，仰面在灯光中瞥见他黑瘦的面貌，似乎正要说出抑扬顿挫的话来，便使我忽又良心发现，而且增加勇气了，于是点上一支烟，再继续写些为“正人君子”之流所深恶痛疾的文字。

一九二六年十月十二日

范爱农[1]

【引读】

这篇文章追叙了鲁迅在日本留学时和回国后与范爱农接触的几个生活片段。范爱农（1883—1912），名肇基，字斯年，号爱农。清末革命团体光复会成员，浙江绍兴皇甫庄人。初识他时，鲁迅对他厌恶之至；他离世后，鲁迅又对他深切悼念。这中间发生了些什么事让鲁迅对他的态度有这么大变化？他身上最让鲁迅认同的是什么？

在东京的客店里，我们大抵一起来就看报。学生所看的多是《朝日新闻》和《读卖新闻》，专爱打听社会上琐事的就看《二六新闻》。一天早晨，辟头就看见一条从中国来的电报，大概是：

安徽巡抚恩铭被 Jo Shiki Rin 刺杀，刺客就擒。

大家一怔之后，便容光焕发地互相告语，并且研究这刺客是谁，汉字是怎样三个字。但只要是绍兴人，又不专看教科书的，却早已明白了。这是徐锡麟，他留学回国之后，在做安徽候补道[2]，办着巡警事物，正合于刺杀巡抚的地位。

大家接着就预测他将被极刑，家族将被连累。不久，秋瑾姑娘在绍兴被杀的消息也传来了，徐锡麟是被挖了心，给恩铭的亲兵炒食净尽。人心很愤怒。有几个人便秘密地开一个会，筹集川资；这时用得着日本浪人[3]了，撕乌贼鱼下酒，慷慨一通之后，他便登程去接徐伯荪的家属去。

照例还有一个同乡会，吊烈士，骂满洲；此后便有人

---

①出自《朝花夕拾》，本篇最初发表于 1926 年 12 月 25 日《莽原》半月刊第一卷第二十四期。

②候补道：即候补道员，清制职官称谓。

③日本浪人：日本明治维新时期的产物。指日本明治时期西南战争后到处流浪居无定所的穷困武士，是近代日本特有的历史现象。

主张打电报到北京，痛斥满政府的无人道。会众即刻分成两派：一派要发电，一派不要发。我是主张发电的，但当我说出之后，即有一种钝滞的声音跟着起来：

“杀的杀掉了，死的死掉了，还发什么屁电报呢。”

这是一个高大身材，长头发，眼球白多黑少的人，看人总象在渺视。他蹲在席子上，我发言大抵就反对；我早觉得奇怪，注意着他的了，到这时才打听别人：说这话的是谁呢，有那么冷？认识的人告诉我说：他叫范爱农，是徐伯荪的学生。

我非常愤怒了，觉得他简直不是人，自己的先生被杀了，连打一个电报还害怕，于是便坚执地主张要发电，同他争起来。结果是主张发电的居多数，他屈服了。其次要推出人来拟电稿。

“何必推举呢？自然是主张发电的人啰。”他说。

我觉得他的话又在针对我，无理倒也并非无理的。但我便主张这一篇悲壮的文章必须深知烈士生平的人做，因为他比别人关系更密切，心里更悲愤，做出来就一定更动人。于是又争起来。结果是他不做，我也不做，不知谁承认做去了；其次是大家走散，只留下一个拟稿的和一两个干事，等候做好之后去拍发。

从此我总觉得这范爱农离奇，而且很可恶。天下可恶的人，当初以为是满人，这时才知道还在其次；第一倒是范爱农。中国不革命则已，要革命，首先就必须将范爱农除去。

然而这意见后来似乎逐渐淡薄，到底忘却了，我们从此也没有再见面。直到革命的前一年，我在故乡做教员，大概是春末时候罢，忽然在熟人的客座上看见了一个人，互相熟视了不过两三秒钟，我们便同时说：

“哦哦，你是范爱农！”

“哦哦，你是鲁迅！”

【引读】

“又在针对我”，前文中范爱农有哪些针对我的举动呢？这句话是同这些事相呼应的；为什么针对我？这句话为后文埋下伏笔。

【引读】

因为同乡会的争执，鲁迅认为冷静的范爱农可恶到极点。“要革命，首先要将范爱农除去”，从这话看，鲁迅当时对他的意见之大可见一斑！这是一种欲扬先抑的手法。

【引读】

这笑声泛着苦味，昔年意气风发的留学生，现在找不到革命出路，自身境地又如此颓唐。他们互相嘲笑，又互相悲哀，只少了当年的火药味。

不知怎地我们便都笑了起来，是互相的嘲笑和悲哀。他眼睛还是那样，然而奇怪，只这几年，头上却有了白发了，但也许本来就有，我先前没有留心到。他穿着很旧的布马褂，破布鞋，显得很寒素。谈起自己的经历来，他说他后来没有了学费，不能再留学，便回来了。回到故乡之后，又受着轻蔑，排斥，迫害，几乎无地可容。现在是躲在乡下，教着几个小学生糊口。但因为有时觉得很气闷，所以也趁了航船进城来。

他又告诉我现在爱喝酒，于是我们便喝酒。从此他每一进城，必定来访我，非常相熟了。我们醉后常谈些愚不可及的疯话，连母亲偶然听到了也发笑。一天我忽而记起在东京开同乡会时的旧事，便问他：

"那一天你专门反对我，而且故意似的，究竟是什么缘故呢？"

"你还不知道？我一向就讨厌你的，不但我，我们。"

"你那时之前，早知道我是谁么？"

"怎么不知道。我们到横滨，来接的不就是子英[①]和你么？你看不起我们，摇摇头，你自己还记得么？"

我略略一想，记得的，虽然是七八年前的事。那时是子英来约我的，说到横滨去接新来留学的同乡。汽船一到，看见一大堆，大概一共有十多人，一上岸便将行李放到税关上去候查检，关吏在衣箱中翻来翻去，忽然翻出一双绣花的弓鞋来，便放下公事，拿着仔细地看。我很不满，心里想，这些鸟男人，怎么带这东西来呢。自己不注意，那时也许就摇了摇头。检验完毕，在客店小坐之后，即须上火车。不料这一群读书人又在客车上让起坐位来了，甲要乙坐在这位子，乙要丙去坐，揖让未终，火车已开，车身一摇，即刻跌倒了三四个。我那时也很不满，暗地里想：

①子英：陈濬（1882—1950），浙江绍兴人。

连火车上的坐位，他们也要分出尊卑来……。自己不注意，也许又摇了摇头。然而那群雍容揖让的人物中就有范爱农，却直到这一天才想到。岂但他呢，说起来也惭愧，这一群里，还有后来在安徽战死的陈伯平烈士，被害的马宗汉烈士；被囚在黑狱里，到革命后才见天日而身上永带着匪刑的伤痕的也还有一两人。而我都茫无所知，摇着头将他们一并运上东京了。徐伯荪虽然和他们同船来，却不在这车上，因为他在神户就和他的夫人坐车走了陆路了。

我想我那时摇头大约有两回，他们看见的不知道是哪一回。让坐时喧闹，检查时幽静，一定是在税关上的那一回了，试问爱农，果然是的。

“我真不懂你们带这东西做什么？是谁的？”

“还不是我们师母的？”他瞪着他多白的眼。

“到东京就要假装大脚，又何必带这东西呢？”

“谁知道呢？你问她去。”

到冬初，我们的景况更拮据了，然而还喝酒，讲笑话。忽然是武昌起义，接着是绍兴光复。第二天爱农就上城来，戴着农夫常用的毡帽，那笑容是从来没有见过的。

【引读】

从没见过这样的笑容，他笑得这般灿烂是因为什么？从中你看出他是一个怎样的人？

“老迅，我们今天不喝酒了。我要去看看光复的绍兴。我们同去。”

我们便到街上去走了一通，满眼是白旗。然而貌虽如此，内骨子是依旧的，因为还是几个旧乡绅所组织的军政府，什么铁路股东是行政司长，钱店掌柜是军械司长……。这军政府也到底不长久，几个少年一嚷，王金发带兵从杭州进来了，但即使不嚷或者也会来。他进来以后，也就被许多闲汉和新进的革命党所包围，大做王都督。在衙门里的人物，穿布衣来的，不上十天也大概换上皮袍子了，天气还并不冷。

我被摆在师范学校校长的饭碗旁边，王都督给了我校款二百元。爱农做监学，还是那件布袍子，但不大喝酒了，也很少有工夫谈闲天。他办事，兼教书，实在勤快得可以。

“情形还是不行，王金发他们。”一个去年听过我的讲义的少年来访我，慷慨地说，“我们要办一种报来监督他们。不过发起人要借用先生的名字。还有一个是子英先生，一个是德清先生[①]。为社会，我们知道你决不推却的。”

我答应他了。两天后便看见出报的传单，发起人诚然是三个。五天后便见报，开首便骂军政府和那里面的人员；此后是骂都督，都督的亲戚、同乡、姨太太……。

这样地骂了十多天，就有一种消息传到我的家里来，说都督因为你们诈取了他的钱，还骂他，要派人用手枪来打死你们了。

别人倒还不打紧，第一个着急的是我的母亲，叮嘱我不要再出去。但我还是照常走，并且说明，王金发是不来打死我们的，他虽然绿林大学[②]出身，而杀人却不很轻易。况且我拿的是校款，这一点他还能明白的，不过说说罢了。

果然没有来杀。写信去要经费，又取了二百元。但仿佛有些怒意，同时传令道：再来要，没有了！

不过爱农得到了一种新消息，却使我很为难。原来所谓“诈取”者，并非指学校经费而言，是指另有送给报馆的一笔款。报纸上骂了几天之后，王金发便叫人送去了五百元。于是乎我们的少年们便开起会议来，第一个问题是：收不收？决议曰：收。第二个问题是：收了之后骂不骂？决议曰：骂。理由是：收钱之后，他是股东；股东不好，自然要骂。

我即刻到报馆去问这事的真假。都是真的。略说了几句不该收他钱的话，一个名为会计的便不高兴了，质问我道：

“报馆为什么不收股本？”

“这不是股本……”

“不是股本是什么？”

我就不再说下去了，这一点世故是早已知道的，倘我再说出连累我们的话来，

---

①德清先生：孙德卿（1868—1932），浙江绍兴人。当时的一个开明绅士，曾参加反清革命运动。

②绿林大学：西汉末年王匡、王凤等率领农民在绿林山（今湖北当阳县东北）起义，号“绿林兵”；“绿林”的名称即起源于此，后来用以泛指聚集山林反抗官府或抢劫财物的人们。王金发曾领导浙东洪门会党平阳党，号称万人，故作者在这里戏称他是“绿林大学出身”。

他就会面斥我太爱惜不值钱的生命，不肯为社会牺牲，或者明天在报上就可以看见我怎样怕死发抖的记载。

然而事情很凑巧，季茀写信来催我往南京了。爱农也很赞成，但颇凄凉，说：

“这里又是那样，住不得。你快去罢……。”

我懂得他无声的话，决计往南京。先到都督府去辞职，自然照准，派来了一个拖鼻涕的接收员，我交出账目和余款一角又两铜元，不是校长了。后任是孔教会①会长傅力臣。

报馆案②是我到南京后两三个星期了结的，被一群兵们捣毁。子英在乡下，没有事；德清适值在城里，大腿上被刺了一尖刀。他大怒了。自然，这是很有些痛的，怪他不得。他大怒之后，脱下衣服，照了一张照片，以显示一寸来宽的刀伤，并且做一篇文章叙述情形，向各处分送，宣传军政府的横暴。我想，这种照片现在是大约未必还有人收藏着了，尺寸太小，刀伤缩小到几乎等于无，如果不加说明，看见的人一定以为是带些疯气的风流人物的裸体照片，倘遇见孙传芳大帅，还怕要被禁止的。

我从南京移到北京的时候，爱农的学监也被孔教会会长的校长设法去掉了。他又成了革命前的爱农。我想为他在北京寻一点小事做，这是他非常希望的，然而没有机会。他后来便到一个熟人的家里去寄食，也时时给我信，景况愈困穷，言辞也愈凄苦。终于又非走出这熟人的家不可，便在各处飘浮。不久，忽然从同乡那里得到一个消息，说他已经掉在水里，淹死了。

【引读】

“住不得”，因为他感觉到了危险；“你快去罢”，因为他希望朋友早点脱险。

【引读】

两个“愈”字，有多少凄苦的故事啊！

---

①孔教会：一个为袁世凯窃国复辟服务的尊孔派组织，1912年10月在上海成立，次年迁北京。当时各地封建势力亦纷纷筹建此类组织。绍兴的孔教会会长傅力臣是前清举人，他同时兼任绍兴教育会会长和绍兴师范学校校长。

②报馆案：指王金发所部士兵捣毁越铎日报馆一案。

我疑心他是自杀。因为他是浮水的好手，不容易淹死的。

夜间独坐在会馆里，十分悲凉，又疑心这消息并不确，但无端又觉得这是极其可靠的，虽然并无证据。一点法子都没有，只做了四首诗，后来曾在一种日报上发表，现在是将要忘记完了。只记得一首里的六句，起首四句是："把酒论天下，先生小酒人，大圜犹酩酊，微醉合沉沦。"中间忘掉两句，末了是"旧朋云散尽，余亦等轻尘"。

后来我回故乡去，才知道一些较为详细的事。爱农先是什么事也没得做，因为大家讨厌他。他很困难，但还喝酒，是朋友请他的。他已经很少和人们来往，常见的只剩下几个后来认识的较为年青的人了，然而他们似乎也不愿意多听他的牢骚，以为不如讲笑话有趣。

"也许明天就收到一个电报，拆开来一看，是鲁迅来叫我的。"他时常这样说。

【引读】

在如此逆境中，他还时常想着鲁迅，这里有着对朋友的信任，还有对生活的希望。

一天，几个新的朋友约他坐船去看戏，回来已过夜半，又是大风雨，他醉着，却偏要到船舷上去小解。大家劝阻他，也不听，自己说是不会掉下去的。但他掉下去了，虽然能浮水，却从此不起来。

第二天打捞尸体，是在菱荡里找到的，直立着。

我至今不明白他究竟是失足还是自杀。

他死后一无所有，遗下一个幼女和他的夫人。有几个人想集一点钱作他女孩将来的学费的基金，因为一经提议，即有族人来争这笔款的保管权，——其实还没有这笔款，大家觉得无聊，便无形消散了。

现在不知他唯一的女儿景况如何？倘在上学，中学已该毕业了罢。

一九二六年十一月十八日

后记[①]

我在第三篇讲《二十四孝》的开头，说北京恐吓小孩的“马虎子”应作“麻胡子”，是指麻叔谋，而且以他为胡人。现在知道是错了，“胡”应作“祜”，是叔谋之名，见唐人李济翁做的《资暇集》卷下，题云《非麻胡》。原文如次：

“俗怖婴儿曰：麻胡来！不知其源者，以为多髯之神而验刺者，非也。隋将军麻祜，性酷虐，炀帝令开汴河，威棱既盛，至稚童望风而畏，互相恐吓曰：麻祜来！稚童语不正，转祜为胡。只如宪宗朝泾将郝玭，蕃中皆畏惮，其国婴儿啼者，以玭怖之则止。又，武宗朝，闾阎孩孺相胁云：薛尹来！咸类此也。况《魏志》载张文远辽来之明证乎？”（原注：麻祜庙在睢阳。鄜方节度李丕即其后。丕为重建碑。）

原来我的识见，就正和唐朝的“不知其源者”相同，贻讥于千载之前，真是咎有应得，只好苦笑。但又不知麻祜庙碑或碑文，现在尚在睢阳或存于方志中否？倘在，我们当可以看见和小说《开河记》所载相反的他的功业。

因为想寻几张插画，常维钧兄给我在北京搜集了许多材料，有几种是为我所未曾见过的。如光绪己卯（1879）肃州胡文炳作的《二百卌（形似“册”，四十）孝图》——原书有注云：“卌读如习。”我真不解他何以不直称四十，而必须如此麻烦——即其一。我所反对的“郭巨埋儿”，他于我还未出世的前几年，已经删去了。序有云：

“……坊间所刻《二十四孝》，善矣。然其中郭巨埋儿一事，揆之天理人情，殊不可以训。……炳窃不自量，妄为编辑。凡矫枉过正而刻意求名者，概从割爱；惟择其事之不诡于正，而人人可为者，类为六门。……”

---

①出自《朝花夕拾》，本篇最初发表于1927年8月10日《莽原》半月刊第二卷第十五期。

这位肃州胡老先生的勇决，委实令我佩服了。但这种意见，恐怕是怀抱者不乏其人，而且由来已久的，不过大抵不敢毅然删改，笔之于书。如同治十一年(1872)刻的《百孝图》，前有纪常郑绩序，就说：

"……况迩来世风日下，沿习浇漓，不知孝出天性自然，反以孝作另成一事。且择古人投炉[①]埋儿为忍心害理，指割股抽肠为损亲遗体。殊未审孝只在乎心，不在乎迹。尽孝无定形，行孝无定事。古之孝者非在今所宜，今之孝者难泥古之事。因此时此地不同，而其人其事各异，求其所以尽孝之心则一也。子夏曰：事父母能竭其力。故孔门问孝，所答何尝有同然乎？……"

则同治年间就有人以埋儿等事为"忍心害理"，灼然可知。至于这一位"纪常郑绩"先生的意思，我却还是不大懂，或者象是说：这些事现在可以不必学，但也不必说他错。

这部《百孝图》的起源有点特别，是因为见了"粤东颜子"的《百美新咏》[②]而作的。人重色而己重孝，卫道之盛心可谓至矣。虽然是"会稽俞葆真兰浦编辑"，与不佞有同乡之谊，——但我还只得老实说：不大高明。例如木兰从军的出典，他注云："隋史。"这样名目的书，现今是没有的；倘是《隋书》，那里面又没有木兰从军的事。

而中华民国九年(1920)，上海的书店却偏偏将它用石印翻印了，书名的前后各添了两个字：《男女百孝图全传》。第一叶上还有一行小字道：家庭教育的好模范。又加了一篇"吴下大错王鼎谨识"的序，开首先发同治年间"纪常郑绩"先生一流的感慨：

"慨自欧化东渐，海内承学之士，嚣嚣然侈谈自由平等之说，致道德日就沦

①投炉：三国时期吴国李娥的故事。《太平御览》卷四一五引《纪闻》说："娥父吴大帝时为铁官冶，以铸军器；一夕炼金，竭炉而金不出。时吴方草创，法令至严，诸耗折官物十万，即坐斩;倍又没入其家，而娥父所损折数过千万。娥年十五，痛伤之，因火烈，遂自投于炉中，赫然烛天。于是金液沸涌，溢于炉口，娥所蹑二履浮出于炉，身则化矣。"

②《百美新咏》：清代乾隆时广东颜希源编著的诗画集，内收关于古代美女潘妃、窅娘等百人的诗和画像。

胥，人心日益浇漓，寡廉鲜耻，无所不为，侥幸行险，人思幸进，求所谓砥砺廉隅，束身自爱者，世不多睹焉。……起观斯世之忍心害理，几全如陈叔宝[①]之无心肝。长此滔滔，伊何底止？……”

其实陈叔宝模胡到好象“全无心肝”，或者有之，若拉他来配“忍心害理”，却未免有些冤枉。这是有几个人以评“郭巨埋儿”和“李娥投炉”的事的。

至于人心，有几点确也似乎正在浇漓起来。自从《男女之秘密》、《男女交合新论》出现后，上海就很有些书名喜欢用“男女”二字冠首。现在是连“以正人心而厚风俗”的《百孝图》上也加上了。这大概为因不满于《百美新咏》而教孝的“会稽俞葆真兰浦”先生所不及料的罢。

从说“百行之先”的孝而忽然拉到“男女”上去,仿佛也近乎不庄重,——浇漓。但我总还想趁便说几句，——自然竭力来减省。

我们中国人即使对于“百行之先”，我敢说，也未必就不想到男女上去的。太平无事，闲人很多，偶有“杀身成仁舍生取义”的，本人也许忙得不暇检点，而活着的旁观者总会加以绵密的研究。曹娥的投江觅父，淹死后抱父尸出，是载在正史，很有许多人知道的。但这一个“抱”字却发生过问题。

我幼小时候，在故乡曾经听到老年人这样讲：

“……死了的曹娥，和她父亲的尸体，最初是面对面抱着浮上来的。然而过往行人看见的都发笑了，说：哈哈！这么一个年青姑娘抱着这么一个老头子！于是那两个死尸又沉下去了；停了一刻又浮起来，这回是背对背的负着。”

好！在礼义之邦里，连一个年幼——呜呼，“娥年十四”而已——的死孝女要和死父亲一同浮出，也有这么艰难！

我检查《百孝图》和《二百卌孝图》，画师都很聪明，所画的是曹娥还未跳入江中，只在江干啼哭。但吴友如画的《女二十四孝图》（1892）却正是两尸一同浮出的这一幕，而且也正画作“背对背”，如第一图的上方。我想，他大约也知道我所听到的那故事的。还有《后二十四孝图说》，也是吴友如画，也有曹娥，

①陈叔宝：南朝时的陈后主。《南史·陈本纪》：“（陈叔宝）既见宥，隋文帝给赐甚厚，数得引见，班同三品；每预宴，恐致伤心，为不奏吴音。后监守者奏言：‘叔宝云，既无秩位，每预朝集，愿得一官号。’隋文帝曰：‘叔宝全无心肝。’”

後二十四孝圖説
曹娥投江
尋父屍
三

则画作正在投江的情状，如第一图下。就我现今所见的教孝的图说而言，古今颇有许多遇盗，遇虎，遇火，遇风的孝子，那应付的方法，十之九是“哭”和“拜”。

中国的哭和拜，什么时候才完呢？

至于画法，我以为最简古的倒要算日本的小田海仙本，这本子早已印入《点石斋丛画》里，变成国货，很容易入手的了。吴友如画的最细巧，也最能引动人。但他于历史画其实是不大相宜的；他久居上海的租界里，耳濡目染，最擅长的倒在作“恶鸨虐妓”，“流氓拆梢[①]”一类的时事画，那真是勃勃有生气，令人在纸上看出上海的洋场来。但影响殊不佳，近来许多小说和儿童读物的插画中，往往将一切女性画成妓女样，一切孩童都画得象一个小流氓，大半就因为太看了他的画本的缘故。

而孝子的事迹也比较地更难画，因为总是惨苦的多。譬如“郭巨埋儿”，无论如何总难以画到引得孩子眉飞色舞，自愿躺到坑里去。还有“尝粪心忧”[②]，也不容易引人入胜。还有老莱子的“戏彩娱亲”，题诗上虽说“喜色满庭帏”，而图画上却绝少有有趣的家庭的气息。

我现在选取了三种不同的标本，合成第二图。上方的是《百孝图》中的一部分，“陈村何云梯”画的，画的是“取水上堂诈跌卧地作婴儿啼”这一段，也带出“双亲开口笑”来。中间的一小块是我从“直北李锡彤”画的《二十四孝图诗合刊》上描下来的，画的是“著五色斑斓之衣为婴儿戏于亲侧”这一段；手里捏着“摇咕咚”，就是“婴儿戏”这三个字的点题。但大约李先生觉得一个高大的老头子玩这样的把戏究竟不象样，将他的身子竭力收缩，画成一个有胡子的小孩子了。然而仍然无趣。至于线的错误和缺少，那是不能怪作者的，也不能埋怨我，只能去骂刻工。查这刻工当前清同治十二年（1873）时，是在“山东省布政司街南首西鸿文堂刻字处”。下方的是“民国任戌”（1922）慎独山房刻本，无画人姓名，但是双料画法，一面“诈跌卧地”，一面“为婴儿戏”，将两件事合起来，而将“斑斓之衣”忘却了。吴友如画的一本，也合两事为一，也忘了斑斓之衣，只是老莱子比较的胖一些，且绾着双丫髻，——不过还是无趣味。

---

①拆梢：上海方言，指流氓敲诈行为。

②“尝粪心忧”：梁代庾黔娄的故事。见《梁书·庾黔娄传》，庾黔娄的父亲庾易病重时，“医云：‘欲知差（瘥）剧，但尝粪甜苦。’易泄痢，黔娄辄取尝之”。

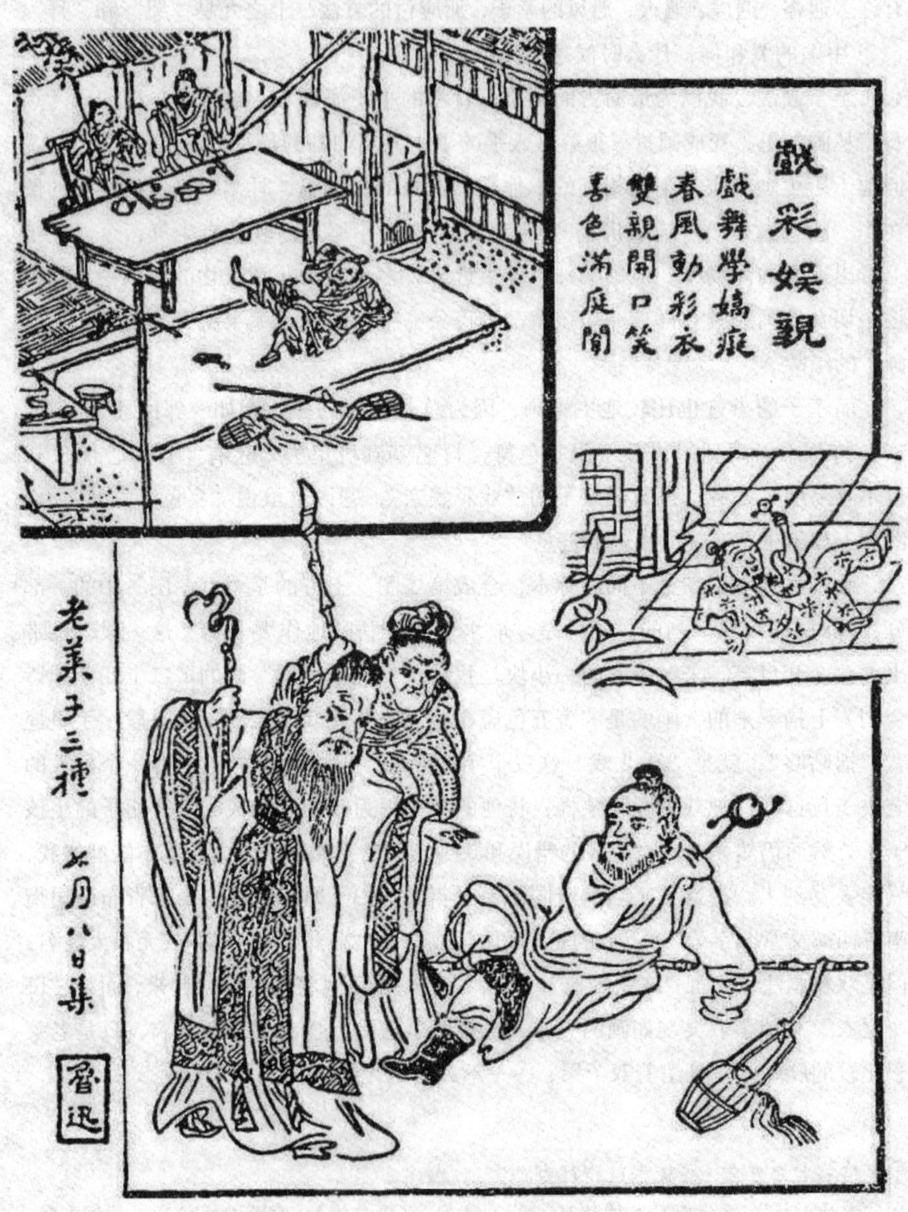
戲彩娛親
戲舞學嬌癡
春風動彩衣
雙親開口笑
喜色滿庭闈
老莱子三種　五月八日集
魯迅

人说，讽刺和冷嘲只隔一张纸，我以为有趣和肉麻也一样。孩子对父母撒娇可以看得有趣，若是成人，便未免有些不顺眼。放达的夫妻在人面前的互相爱怜的态度，有时略一跨出有趣的界线，也容易变为肉麻。老莱子的作态的图，正无怪谁也画不好。象这些图画上似的家庭里，我是一天也住不舒服的，你看这样一位七十多岁的老太爷整年假惺惺地玩着一个"摇咕咚"。

汉朝人在宫殿和墓前的石室里，多喜欢绘画和雕刻古来的帝王、孔子弟子、列士、列女、孝子之类的图。宫殿当然一椽不存了；石室却偶然还有，而最完全的是山东嘉祥县的武氏石室[①]。我仿佛记得那上面就刻着老莱子的故事。但现在手头既没有拓本，也没有《金石萃编》[②]，不能查考了；否则，将现时的和约一千八百年前的图画比较起来，也是一种颇有趣味的事。

关于老莱子的，《百孝图》上还有这样的一段：

"……莱子又有弄雏娱亲之事：尝弄雏于双亲之侧，欲亲之喜。"（原注：《高士传》[③]。）

谁做的《高士传》呢？嵇康的，还是皇甫谧的？也还是手头没有书，无从查考。只在新近因为白得了一个月的薪水，这才发狠买来的《太平御览》上查了一通，到底查不着，倘不是我粗心，那就是出于别的唐宋人的类书[④]里的了。但这也没有什么大关系。我所觉得特别的，是文中的那"雏"字。

我想，这"雏"未必一定是小禽鸟。孩子们喜欢弄来玩耍的，用泥和绸或布做成的人形，日本也叫 Hina，写作"雏"。他们那里往往存留中国的古语；而老莱子在父母面前弄孩子的玩具，也比弄小禽鸟更自然。所以英语的 Doll，即我们现在称为"洋囡囡"或"泥人儿"，而文字上只好写作"傀儡"的，说不定古人就称"雏"，后来中绝，便只残存于日本了。但这不过是我一时的臆测，此外也并无什么坚实的凭证。

---

①武氏石室：指东汉武氏家族墓葬的四个石室，四壁有石刻画像，其中以武梁祠为最早，故一般称《武梁祠画像》。

②《金石萃编》：中国清代金石学著作。是一部石刻文字和铜器铭文的汇编。

③《高士传》：晋代皇甫谧撰，共三卷。记录上古至魏晋高士九十六人。

④类书：辑录各门类或某一门类的资料，以供寻检、征引的工具书。

这弄雏的事，似乎也还没有画过图。

我所搜集的另一批，是内有“无常”的画像的书籍。一曰《玉历钞传警世》（或无下二字），一曰《玉历至宝钞》（或作编）。其实是两种都差不多的。关于搜集的事，我首先仍要感谢常维钧兄，他寄给我北京龙光斋本，又鉴光斋本；天津思过斋本，又石印局本；南京李光明庄本。其次是章矛尘兄，给我杭州码瑙经房本，绍兴许广记本，最近石印本。又其次是我自己，得到广州宝经阁本，又翰元楼本。

这些《玉历》，有繁简两种，是和我的前言相符的。但我调查了一切无常的画像之后，却恐慌起来了。因为书上的“活无常”是花袍、纱帽、背后插刀；而拿算盘，戴高帽子的却是“死有分”！虽然面貌有凶恶和和善之别，脚下有草鞋和布鞋之殊，也不过画工偶然的随便，而最关紧要的题字，则全体一致，曰：“死有分”。呜呼，这明明是专在和我为难。

然而我还不能心服。一者因为这些书都不是我幼小时候所见的那一部，二者因为我还确信我的记忆并没有错。不过撕下一叶来做插画的企图，却被无声无臭地打得粉碎了。只得选取标本各一——南京本的死有分和广州本的活无常——之外，还自己动手，添画一个我所记得的目连戏或迎神赛会中的“活无常”来塞责，如第三图上方。好在我并非画家，虽然太不高明，读者也许不至于嗔责罢。先前想不到后来，曾经对于吴友如先生辈颇说过几句蹊跷话，不料曾几何时，即须自己出丑了，现在就预先辩解几句在这里存案。但是，如果无效，那也只好直抄徐（印世昌）大总统的哲学：听其自然。

还有不能心服的事，是我觉得虽是宣传《玉历》的诸公，于阴间的事情其实也不大了然。例如一个人初死时的情状，那图像就分成两派。一派是只来一位手执钢叉的鬼卒，叫作“勾魂使者”，此外什么都没有；一派是一个马面，两个无常——阳无常和阴无常——而并非活无常和死有分。倘说，那两个就是活无常和死有分罢，则和单个的画像又不一致。如第四图版上的 A，阳无常何尝是花袍纱帽？只有阴无常却和单画的死有分颇相象的，但也放下算盘拿了扇。这还可以说大约因为其时是夏天，然而怎么又长了那么长的络腮胡子了呢？难道夏天时疫多，他竟忙得连修刮的工夫都没有了么？这图的来源是天津思过斋的本子，合并声明；还有北京和广州本上的，也相差无几。

B 是从南京的李光明庄刻本上取来的，图画和 A 相同，而题字则正相反了：

《那怕你，銅牆鐵壁！》
一九二七、二五.
L.
死有分
活無常
傳
圖像

天津本指为阴无常者，它却道是阳无常。但和我的主张是一致的。那么，倘有一个素衣高帽的东西，不问他胡子之有无，北京人、天津人、广州人只管去称为阴无常或死有分，我和南京人则叫他活无常，各随自己的便罢。“名者，实之宾也”，不关什么紧要的。

不过我还要添上一点 C 图，是绍兴许广记刻本中的一部分，上面并无题字，不知宣传者于意云何。我幼小时常常走过许广记的门前，也闲看他们刻图画，是专爱用弧线和直线，不大肯作曲线的，所以无常先生的真相，在这里也难以判然。只是他身边另有一个小高帽，却还能分明看出，为别的本子上所无。这就是我所说过的在赛会时候出现的阿领。他连办公时间也带着儿子走，我想，大概是在叫他跟随学习，预备长大之后，可以“无改于父之道”的。

除勾摄人魂外，十殿阎罗王中第四殿五官王的案桌旁边，也什九站着一个高帽角色。如 D 图，1 取自天津的思过斋本，模样颇漂亮；2 是南京本，舌头拖出来了，不知何故；3 是广州的宝经阁本，扇子破了；4 是北京龙光斋本，无扇，下巴之下一条黑，我看不透它是胡子还是舌头；5 是天津石印局本，也颇漂亮，然而站到第七殿泰山王的公案桌边去了：这是很特别的。

又，老虎噬人的图上，也一定画有一个高帽的脚色，拿着纸扇子暗地里在指挥。不知道这也就是无常呢，还是所谓“伥鬼”①？但我乡戏文上的伥鬼都不戴高帽子。

研究这一类三魂渺渺，七魄茫茫，“死无对证”的学问，是很新颖，也极占便宜的。假使征集材料，开始讨论，将各种往来的信件都编印起来，恐怕也可以出三四本颇厚的书，并且因此升为“学者”。但是，“活无常学者”，名称不大冠冕，我不想干下去了，只在这里下一个武断：

《玉历》式的思想是很粗浅的：“活无常”和“死有分”，合起来是人生的象征。人将死时，本只须死有分来到。因为他一到，这时候，也就可见“活无常”。

但民间又有一种自称“走阴”或“阴差”的，是生人暂时入冥，帮办公事的角色。因为他帮同勾魂摄魄，大家也就称之为“无常”；又以其本是生魂也，则别之曰“阳”，但从此便和“活无常”隐然相混了。如第四图版之 A，题为“阳无常”的，是平常人的普通装束，足见明明是阴差，他的职务只在领鬼卒进门，所以站在阶下。

---

①伥鬼：旧时迷信传说，人被虎吃掉后，其“鬼魂”反助虎吃人，称为“虎伥”或“伥鬼”。成语“为虎作伥”即源于此。

既有了生魂入冥的“阳无常”，便以“阴无常”来称职务相似而并非生魂的死有分了。

做目连戏和迎神赛会虽说是祷祈，同时也等于娱乐，扮演出来的应该是阴差，而普通状态太无趣，——无所谓扮演，——不如奇特些好，于是就将“那一个无常”的衣装给他穿上了；——自然原也没有知道得很清楚。然而从此也更传讹下去。所以南京人和我之所谓活无常，是阴差而穿着死有分的衣冠，顶着真的活无常的名号，大背经典，荒谬得很的。

不知海内博雅君子，以为如何？

我本来并不准备做什么后记，只想寻几张旧画像来做插图，不料目的不达，便变成一面比较，剪贴，一面乱发议论了。那一点本文或作或辍地几乎做了一年，这一点后记也或作或辍地几乎做了两个月。天热如此，汗流浃背，是亦不可以已乎：爰为结。

一九二七年七月十一日，写完于广州东堤寓楼之西窗下。

我的第一个师父①

不记得是那一部旧书上看来的了，大意说是有一位道学先生，自然是名人，一生拼命辟佛，却名自己的小儿子为“和尚”。有一天，有人拿这件事来质问他。他回答道：“这正是表示轻贱呀！”那人无话可说而退云。

其实，这位道学先生是诡辩。名孩子为“和尚”，其中是含有迷信的。中国有许多妖魔鬼怪，专喜欢杀害有出息的人，尤其是孩子；要下贱，他们才放手、安心。和尚这一种人，从和尚的立场看来，会成佛——但也不一定，——固然高超得很，而从读书人的立场一看，他们无家无室，不会做官，却是下贱之流。读书人意中的鬼怪，那意见当然和读书人相同，所以也就不来搅扰了。这和名孩子为阿猫阿狗，完全是一样的意思：容易养大。

还有一个避鬼的法子，是拜和尚为师，也就是舍给寺院了的意思，然而并不放在寺院里。我生在周氏是长男，“物以希为贵”，父亲怕我有出息，因此养不大，不到一岁，便领到长庆寺里去，拜了一个和尚为师了。拜师是否要贽见礼，或者布施什么的呢，我完全不知道。只知道我却由此得到一个法名叫作“长庚”，后来我也偶尔用作笔名，并且在《在酒楼上》这篇小说里，赠给了恐吓自己的侄女的无赖；还有一件百家衣，就是“衲衣”，论理，是应该用各种破布拼成的，但我的却是橄榄形的各色小绸片所缝就，非喜庆大事不给穿；还有一条称为“牛绳”的东西，上挂零星小件，如历本、镜子、银筛之类，据说是可以避邪的。

这种布置，好象也真有些力量：我至今没有死。

不过，现在法名还在，那两件法宝却早已失去了。前几年回北平去，母亲还给了我婴儿时代的银筛，是那时的惟一的记念。仔细一看，原来那筛子圆径不过寸余，中央一个太极图，上面一本书，下面一卷画，左右缀着极小的尺、剪刀、算盘、天平之类。我于是恍然大悟，中国的邪鬼，是怕斩钉截铁，不能含胡的东

①出自《且介亭杂文附集》，本篇最初发表于1936年4月《作家》月刊第一卷第一期。

西的。因为探究和好奇，去年曾经去问上海的银楼，终于买了两面来，和我的几乎一式一样，不过缀着的小东西有些增减。奇怪得很，半世纪有余了，邪鬼还是这样的性情，避邪还是这样的法宝。然而我又想，这法宝成人却用不得，反而非常危险的。

但因此又使我记起了半世纪以前的最初的先生。我至今不知道他的法名，无论谁，都称他为"龙师父"，瘦长的身子，瘦长的脸，高颧细眼，和尚是不应该留须的，他却有两绺下垂的小胡子。对人很和气，对我也很和气，不教我念一句经，也不教我一点佛门规矩；他自己呢，穿起袈裟来做大和尚，或者戴上毗卢帽[①]放焰口[②]，"无祀孤魂，来受甘露味"的时候，是庄严透顶的，平常可也不念经，因为是住持，只管着寺里的琐屑事，其实——自然是由我看起来——他不过是一个剃光了头发的俗人。

因此我又有一位师母，就是他的老婆。论理，和尚是不应该有老婆的，然而他有。我家的正屋的中央，供着一块牌位，用金字写着必须绝对尊敬和服从的五位："天地君亲师"。我是徒弟，他是师，决不能抗议，而在那时，也决不想到抗议，不过觉得似乎有点古怪。但我是很爱我的师母的，在我的记忆上，见面的时候，她已经大约有四十岁了，是一位胖胖的师母，穿着玄色纱衫裤，在自己家里的院子里纳凉，她的孩子们就来和我玩耍。有时还有水果和点心吃，——自然，这也是我所以爱她的一个大原因；用高洁的陈源教授的话来说，便是所谓"有奶便是娘"，在人格上是很不足道的。

不过我的师母在恋爱故事上，却有些不平常。"恋爱"，这是现在的术语，那时我们这偏僻之区只叫作"相好"。《诗经》云："式相好矣，毋相尤矣。"[③]起源是算得很古，离文武周公的时候不怎么久就有了的，然而后来好象并不算十分冠冕堂皇的好话。这且不管它罢。总之，听说龙师父年青时，是一个很漂亮而能干的和尚，交际很广，认识各种人。有一天，乡下做社戏了，他和戏子相识，便上

---

①毗卢帽：和尚所戴的一种绣有毗卢佛像的帽子。

②放焰口：旧俗于中元节晚上请和尚结盂兰盆会，诵经施食，称为"放焰口"。盂兰盆，梵语音译，"救倒悬"的意思；焰口，饿鬼名。

③式相好矣，毋相尤矣：语见《诗经·小雅·斯干》，意思是互相爱好而不相恶。式，发语辞。

台替他们去敲锣，精光的头皮，簇新的海青[1]，真是风头十足。乡下人大抵有些顽固，以为和尚是只应该念经拜忏的，台下有人骂了起来。师父不甘示弱，也给他们一个回骂。于是战争开幕，甘蔗梢头雨点似的飞上来，有些勇士，还有进攻之势，“彼众我寡”，他只好退走，一面退，一面一定追，逼得他又只好慌张地躲进一家人家去。而这人家，又只有一位年青的寡妇。以后的故事，我也不甚了然了，总而言之，她后来就是我的师母。

自从《宇宙风》出世以来，一向没有拜读的机缘，近几天才看见了“春季特大号”。其中有一篇铢堂先生的《不以成败论英雄》，使我觉得很有趣，他以为中国人的“不以成败论英雄”，“理想是不能不算崇高”的，“然而在人群的组织上实在要不得。抑强扶弱，便是永远不愿意有强。崇拜失败英雄，便是不承认成功的英雄”。“近人有一句流行话，说中国民族富于同化力，所以辽金元清都并不曾征服中国。其实无非是一种惰性，对于新制度不容易接受罢了”。我们怎样来改悔这“惰性”呢，现在姑且不谈，而且正在替我们想法的人们也多得很。我只要说那位寡妇之所以变了我的师母，其弊病也就在“不以成败论英雄”。乡下没有活的岳飞或文天祥，所以一个漂亮的和尚在如雨而下的甘蔗梢头中，从戏台逃下，也就是一个货真价实的失败的英雄。她不免发现了祖传的“惰性”，崇拜起来，对于追兵，也象我们的祖先的对于辽金元清的大军似的，“不承认成功的英雄”了。在历史上，这结果是正如铢堂先生所说：“乃是中国的社会不树威是难得帖服的。”所以活该有“扬州十日”[2]和“嘉定三屠”[3]。但那时的乡下人，却好象并没有“树威”，走散了，自然，也许是他们料不到躲在家里。

因此我有了三个师兄、两个师弟。大师兄是穷人的孩子，舍在寺里，或是卖在寺里的；其余的四个，都是师父的儿子，大和尚的儿子做小和尚，我那时倒并不觉得怎么稀奇。大师兄只有单身；二师兄也有家小，但他对我守着秘密，这一点，就可见他的道行远不及我的师父，他的父亲了。而且年龄都和我相差太远，我们几乎没有交往。

三师兄比我恐怕要大十岁，然而我们后来的感情是很好的，我常常替他担心。

---

①海青：江浙一带方言，指一种广袖的长袍。

②扬州十日：指清顺治二年（1645）清军攻破扬州后进行的十天大屠杀。

③嘉定三屠：指清顺治二年（1645）清军占领嘉定后进行的三次大屠杀。

还记得有一回，他要受大戒了，他不大看经，想来未必深通什么大乘教理，在剃得精光的囟门上，放上两排艾绒，同时烧起来，我看是总不免要叫痛的，这时善男信女，多数参加，实在不大雅观，也失了我做师弟的体面。这怎么好呢？每一想到，十分心焦，仿佛受戒的是我自己一样。然而我的师父究竟道力高深，他不说戒律，不谈教理，只在当天大清早，叫了我的三师兄去，厉声吩咐道："拚命熬住，不许哭，不许叫，要不然，脑袋就炸开，死了！"这一种大喝，实在比什么《妙法莲花经》或《大乘起信论》还有力，谁高兴死呢，于是仪式很庄严的进行，虽然两眼比平时水汪汪，但到两排艾绒在头顶上烧完，的确一声也不出。我嘘一口气，真所谓"如释重负"，善男信女们也个个"合十赞叹，欢喜布施，顶礼而散"了。

出家人受了大戒，从沙弥升为和尚，正和我们在家人行过冠礼[①]，由童子而为成人相同。成人愿意"有室"，和尚自然也不能不想到女人。以为和尚只记得释迦牟尼或弥勒菩萨，乃是未曾拜和尚为师，或与和尚为友的世俗的谬见。寺里也有确在修行，没有女人，也不吃荤的和尚，例如我的大师兄即是其一，然而他们孤僻、冷酷，看不起人，好象总是郁郁不乐，他们的一把扇或一本书，你一动他就不高兴，令人不敢亲近他。所以我所熟识的，都是有女人，或声明想女人，吃荤，或声明想吃荤的和尚。

我那时并不诧异三师兄在想女人，而且知道他所理想的是怎样的女人。人也许以为他想的是尼姑罢，并不是的，和尚和尼姑"相好"，加倍的不便当。他想的乃是千金小姐或少奶奶；而作这"相思"或"单相思"——即今之所谓"单恋"也——的媒介的是"结"。我们那里的阔人家，一有丧事，每七日总要做一些法事，有一个七日，是要举行"解结"的仪式的，因为死人在未死之前，总不免开罪于人，存着冤结，所以死后要替他解散。方法是在这天拜完经忏的傍晚，灵前陈列着几盘东西，是食物和花，而其中有一盘，是用麻线或白头绳，穿上十来文钱，两头相合而打成胡蝶[②]式、八结式之类的复杂的、颇不容易解开的结子。一群和尚便环坐桌旁，且唱且解，解开之后，钱归和尚，而死人的一切冤结也从此完全消失了。这道理似乎有些古怪，但谁都这样办，并不为奇，大约也是一种"惰性"。不过解结是并不如世俗人的所推测，个个解开的，倘有和尚以为打得精致，因而生爱，

---

①冠礼：我国古代礼俗，男子二十岁时举行冠礼，表示已经成人。

②胡蝶：同"蝴蝶"，全书正文同。

或者故意打得结实，很难解散，因而生恨的，便能暗暗的整个落到僧袍的大袖里去，一任死者留下冤结，到地狱里去吃苦。这种宝结带回寺里，便保存起来，也时时鉴赏，恰如我们的或亦不免偏爱看看女作家的作品一样。当鉴赏的时候，当然也不免想到作家，打结子的是谁呢，男人不会，奴婢不会，有这种本领的，不消说是小姐或少奶奶了。和尚没有文学界人物的清高，所以他就不免睹物思人，所谓"时涉遐想"起来，至于心理状态，则我虽曾拜和尚为师，但究竟是在家人，不大明白底细。只记得三师兄曾经不得已而分给我几个，有些实在打得精奇，有些则打好之后，浸过水，还用剪刀柄之类砸实，使和尚无法解散。解结，是替死人设法的，现在却和和尚为难，我真不知道小姐或少奶奶是什么意思。这疑问直到二十年后，学了一点医学，才明白原来是给和尚吃苦，颇有一点虐待异性的病态的。深闺的怨恨，会无线电似的报在佛寺的和尚身上，我看道学先生可还没有料到这一层。

后来，三师兄也有了老婆，出身是小姐，是尼姑，还是"小家碧玉"呢，我不明白，他也严守秘密，道行远不及他的父亲了。这时我也长大起来，不知道从那里，听到了和尚应守清规之类的古老话，还用这话来嘲笑他，本意是在要他受窘。不料他竟一点不窘，立刻用"金刚怒目"式，向我大喝一声道：

"和尚没有老婆，小菩萨那里来!？"

这真是所谓"狮吼"，使我明白了真理，哑口无言，我的确早看见寺里有丈余的大佛，有数尺或数寸的小菩萨，却从未想到他们为什么有大小。经此一喝，我才彻底地省悟了和尚有老婆的必要，以及一切小菩萨的来源，不再发生疑问。但要找寻三师兄，从此却艰难了一点，因为这位出家人，这时就有了三个家了：一是寺院，二是他的父母的家，三是他自已和女人的家。

我的师父，在约略四十年前已经去世；师兄弟们大半做了一寺的住持；我们的交情是依然存在的，却久已彼此不通消息。但我想，他们一定早已各有一大批小菩萨，而且有些小菩萨又有小菩萨了。

一九三六年四月一日

阿　金[1]

近几时我最讨厌阿金。

她是一个女仆，上海叫娘姨，外国人叫阿妈，她的主人也正是外国人。

她有许多女朋友，天一晚，就陆续到她窗下来，“阿金，阿金！”的大声的叫，这样的一直到半夜。她又好象颇有几个姘头；她曾在后门口宣布她的主张：弗轧姘头，到上海来做啥呢？……

不过这和我不相干。不幸的是她的主人家的后门，斜对着我的前门，所以“阿金，阿金！”的叫起来，我总受些影响，有时是文章做不下去了，有时竟会在稿子上写一个“金”字。更不幸的是我的进出，必须从她家的晒台下走过，而她大约是不喜欢走楼梯的，竹竿、木板，还有别的什么，常常从晒台上直摔下来，使我走过的时候，必须十分小心，先看一看这位阿金可在晒台上面，倘在，就得绕远些。自然，这是大半为了我的胆子小，看得自己的性命太值钱；但我们也得想一想她的主子是外国人，被打得头破血出，固然不成问题，即使死了，开同乡会，打电报也都没有用的，——况且我想，我也未必能够弄到开起同乡会。

半夜以后，是别一种世界，还剩着白天脾气是不行的。有一夜，已经三点半钟了，我在译一篇东西，还没有睡觉。忽然听得路上有人低声的在叫谁，虽然听不清楚，却并不是叫阿金，当然也不是叫我。我想:这么迟了，还有谁来叫谁呢?同时也站起来，推开楼窗去看去了，却看见一个男人，望着阿金的绣阁的窗，站着。他没有看见我。我自悔我的莽撞，正想关窗退回的时候，斜对面的小窗开处，已经现出阿金的上半身来，并且立刻看见了我，向那男人说了一句不知道什么话，用手向我一指，又一挥，那男人便开大步跑掉了。我很不舒服，好象是自己做了甚么错事似的，书译不下去了，心里想：以后总要少管闲事，要炼到泰山崩于前而色不变，炸弹落于侧而身不移！……

---

①出自《且介亭杂文》，本篇发表于1936年2月20日上海《海燕》月刊第二期。

但在阿金，却似乎毫不受什么影响，因为她仍然嘻嘻哈哈。不过这是晚快边才得到的结论，所以我真是负疚了小半夜和一整天。这时我很感激阿金的大度，但同时又讨厌了她的大声会议，嘻嘻哈哈了。自有阿金以来，四围的空气也变得扰动了，她就有这么大的力量。这种扰动，我的警告是毫无效验的，她们连看也不对我看一看。有一回，邻近的洋人说了几句洋话，她们也不理；但那洋人就奔出来了，用脚向各人乱踢，她们这才逃散，会议也收了场。这踢的效力，大约保存了五六夜。

此后是照常的嚷嚷；而且扰动又廓张了开去，阿金和马路对面一家烟纸店里的老女人开始奋斗了，还有男人相帮。她的声音原是响亮的，这回就更加响亮，我觉得一定可以使二十间门面以外的人们听见。不一会，就聚集了一大批人。论战的将近结束的时候当然要提到"偷汉"之类，那老女人的话我没有听清楚，阿金的答复是：

"你这老×没有人要！我可有人要呀！"

这恐怕是实情，看客似乎大抵对她表同情，"没有人要"的老×战败了。这时踱来了一位洋巡捕，反背着两手，看了一会，就来把看客们赶开；阿金赶紧迎上去，对他讲了一连串的洋话。洋巡捕注意的听完之后，微笑的说道：

"我看你也不弱呀！"

他并不去捉老×，又反背着手，慢慢的踱过去了。这一场巷战就算这样的结束。但是，人间世的纠纷又并不能解决得这么干脆，那老×大约是也有一点势力的。第二天早晨，那离阿金家不远的也是外国人家的西崽忽然向阿金家逃来。后面追着三个彪形大汉。西崽的小衫已被撕破，大约他被他们诱出外面，又给人堵住后门，退不回去，所以只好逃到他爱人这里来了。爱人的肘腋之下，原是可以安身立命的，伊孛生（H.lbsen）戏剧里的彼尔·干德[①]，就是失败之后，终于躲在爱人的裙边，听唱催眠歌的大人物。但我看阿金似乎比不上瑙威女子，她无情，也没有魄力。独有感觉是灵的，那男人刚要跑到的时候，她已经赶紧把后门关上了。那男人于是进了绝路，只得站住。这好象也颇出于彪形大汉们的意料之外，显得有些踌蹰；但终于一齐举起拳头，两个是在他背脊和胸脯上一共给了三拳，仿佛也并不怎么

①彼尔·干德：挪威作家易卜生的诗剧《彼尔·干德》的主角，是一个想象丰富、意志薄弱的人物，最后在他爱人给他唱催眠曲时死去。

重，一个在他脸上打了一拳，却使它立刻红起来。这一场巷战很神速，又在早晨，所以观战者也不多，胜败两军，各自走散，世界又从此暂时和平了。然而我仍然不放心，因为我曾经听人说过：所谓“和平”，不过是两次战争之间的时日。

但是，过了几天，阿金就不再看见了，我猜想是被她自己的主人所回复。补了她的缺的是一个胖胖的，脸上很有些福相和雅气的娘姨，已经二十多天，还很安静，只叫了卖唱的两个穷人唱过一回“奇葛隆冬强”的《十八摸》之类，那是她用“自食其力”的余闲，享点清福，谁也没有话说的。只可惜那时又招集了一群男男女女，连阿金的爱人也在内，保不定什么时候又会发生巷战。但我却也叨光听到了男嗓子的上低音（barytone）的歌声，觉得很自然，比绞死猫儿似的《毛毛雨》要好得天差地远。

阿金的相貌是极其平凡的。所谓平凡，就是很普通，很难记住，不到一个月，我就说不出她究竟是怎么一副模样来了。但是我还讨厌她，想到“阿金”这两个字就讨厌；在邻近闹嚷一下当然不会成什么深仇重怨，我的讨厌她是因为不消几日，她就摇动了我三十年来的信念和主张。

我一向不相信昭君出塞会安汉，木兰从军就可以保隋；也不信妲己亡殷，西施沼吴，杨妃乱唐的那些古老话。我以为在男权社会里，女人是决不会有这种大力量的，兴亡的责任，都应该男的负。但向来的男性的作者，大抵将败亡的大罪，推在女性身上，这真是一钱不值的没有出息的男人。殊不料现在阿金却以一个貌不出众，才不惊人的娘姨，不用一个月，就在我眼前搅乱了四分之一里，假使她是一个女王，或者是皇后、皇太后，那么，其影响也就可以推见了：足够闹出大大的乱子来。

昔者孔子“五十而知天命”，我却为了区区一个阿金，连对于人事也从新疑惑起来了，虽然圣人和凡人不能相比，但也可见阿金的伟力，和我的满不行。我不想将我的文章的退步，归罪于阿金的嚷嚷，而且以上的一通议论，也很近于迁怒，但是，近几时我最讨厌阿金，仿佛她塞住了我的一条路，却是的确的。

愿阿金也不能算是中国女性的标本。

一九三五年十二月二十一日

记念刘和珍君[1]

一

中华民国十五年三月二十五日，就是国立北京女子师范大学为十八日在段祺瑞执政府前遇害的刘和珍、杨德群[2]两君开追悼会的那一天，我独在礼堂外徘徊，遇见程君，前来问我道，“先生可曾为刘和珍写了一点什么没有？”我说“没有”。她就正告我，“先生还是写一点罢；刘和珍生前就很爱看先生的文章。”

这是我知道的，凡我所编辑的期刊，大概是因为往往有始无终之故罢，销行一向就甚为寥落，然而在这样的生活艰难中，毅然预订了《莽原》全年的就有她。我也早觉得有写一点东西的必要了，这虽然于死者毫不相干，但在生者，却大抵只能如此而已。倘使我能够相信真有所谓“在天之灵”，那自然可以得到更大的安慰，——但是，现在，却只能如此而已。

可是我实在无话可说。我只觉得所住的并非人间。四十多个青年的血，洋溢在我的周围，使我艰于呼吸视听，那里还能有什么言语？长歌当哭，是必须在痛定之后的。而此后几个所谓学者文人的阴险的论调，尤使我觉得悲哀。我已经出离愤怒了。我将深味这非人间的浓黑的悲凉；以我的最大哀痛显示于非人间，使它们快意于我的苦痛，就将这作为后死者的菲薄的祭品，奉献于逝者的灵前。

二

真的猛士，敢于直面惨淡的人生，敢于正视淋漓的鲜血。这是怎样的哀痛者和幸福者？然而造化又常常为庸人设计，以时间的流驶，来洗涤旧迹，仅使留下淡红的血色和微漠的悲哀。在这淡红的血色和微漠的悲哀中，又给人暂得偷生，

---

①出自《华盖集续编》，本篇最初发表于1926年4月12日《语丝》周刊第七十四期。

②刘和珍（1904—1926）：江西南昌人，北京女子师范大学英文系学生。

杨德群（1902—1926）：湖南湘阴人，北京女子师范大学国文系预科学生。

维持着这似人非人的世界。我不知道这样的世界何时是一个尽头！

我们还在这样的世上活着；我也早觉得有写一点东西的必要了。离三月十八日也已有两星期，忘却的救主快要降临了罢，我正有写一点东西的必要了。

三

在四十余被害的青年之中，刘和珍君是我的学生。学生云者，我向来这样想，这样说，现在却觉得有些踌躇了，我应该对她奉献我的悲哀与尊敬。她不是“苟活到现在的我”的学生，是为了中国而死的中国的青年。

她的姓名第一次为我所见，是在去年夏初杨荫榆女士做女子师范大学校长，开除校中六个学生自治会职员的时候。其中的一个就是她；但是我不认识。直到后来，也许已经是刘百昭率领男女武将，强拖出校之后了，才有人指着一个学生告诉我，说:这就是刘和珍。其时我才能将姓名和实体联合起来，心中却暗自诧异。我平素想，能够不为势利所屈，反抗一广有羽翼的校长的学生，无论如何，总该是有些桀骜锋利的，但她却常常微笑着，态度很温和。待到偏安于宗帽胡同，赁屋授课之后，她才始来听我的讲义，于是见面的回数就较多了，也还是始终微笑着，态度很温和。待到学校恢复旧观，往日的教职员以为责任已尽，准备陆续引退的时候，我才见她虑及母校前途，黯然至于泣下。此后似乎就不相见。总之，在我的记忆上，那一次就是永别了。

四

我在十八日早晨，才知道上午有群众向执政府请愿的事；下午便得到噩耗，说卫队居然开枪，死伤至数百人，而刘和珍君即在遇害者之列。但我对于这些传说，竟至于颇为怀疑。我向来是不惮以最坏的恶意，来推测中国人的，然而我还不料，也不信竟会下劣凶残到这地步。况且始终微笑着的和蔼的刘和珍君，更何至于无端在府门前喋血呢？

然而即日证明是事实了，作证的便是她自己的尸骸。还有一具，是杨德群君的。而且又证明着这不但是杀害，简直是虐杀，因为身体上还有棍棒的伤痕。

但段政府就有令，说她们是“暴徒”！

但接着就有流言，说她们是受人利用的。

惨象，已使我目不忍视了；流言，尤使我耳不忍闻。我还有什么话可说呢？我懂得衰亡民族之所以默无声息的缘由了。沉默呵，沉默呵！不在沉默中爆发，就在沉默中灭亡。

五

但是，我还有要说的话。

我没有亲见；听说，她，刘和珍君，那时是欣然前往的。自然，请愿而已，稍有人心者，谁也不会料到有这样的罗网。但竟在执政府前中弹了，从背部入，斜穿心肺，已是致命的创伤，只是没有便死。同去的张静淑君想扶起她，中了四弹，其一是手枪，立仆；同去的杨德群君又想去扶起她，也被击，弹从左肩入，穿胸偏右出，也立仆。但她还能坐起来，一个兵在她头部及胸部猛击两棍，于是死掉了。

始终微笑的和蔼的刘和珍君确是死掉了，这是真的，有她自己的尸骸为证；沉勇而友爱的杨德群君也死掉了，有她自己的尸骸为证；只有一样沉勇而友爱的张静淑君还在医院里呻吟。当三个女子从容地转辗于文明人所发明的枪弹的攒射中的时候，这是怎样的一个惊心动魄的伟大呵！中国军人的屠戮妇婴的伟绩，八国联军的惩创学生的武功，不幸全被这几缕血痕抹杀了。

但是中外的杀人者却居然昂起头来，不知道个个脸上有着血污……

六

时间永是流驶，街市依旧太平，有限的几个生命，在中国是不算什么的，至多，不过供无恶意的闲人以饭后的谈资，或者给有恶意的闲人作“流言”的种子。至于此外的深的意义，我总觉得很寥寥，因为这实在不过是徒手的请愿。人类的血战前行的历史，正如煤的形成，当时用大量的木材，结果却只是一小块，但请愿是不在其中的，更何况是徒手。

然而既然有了血痕了，当然不觉要扩大。至少，也当浸渍了亲族、师友、爱人的心，纵使时光流驶，洗成绯红，也会在微漠的悲哀中永存微笑的和蔼的旧影。陶潜说过，“亲戚或余悲，他人亦已歌，死去何所道，托体同山阿。”倘能如此，这也就够了。

七

我已经说过：我向来是不惮以最坏的恶意来推测中国人的。但这回却很有几点出于我的意外。一是当局者竟会这样地凶残，一是流言家竟至如此之下劣，一是中国的女性临难竟能如是之从容。

我目睹中国女子的办事，是始于去年的，虽然是少数，但看那干练坚决，百折不回的气概，曾经屡次为之感叹。至于这一回在弹雨中互相救助，虽殒身不恤的事实，则更足为中国女子的勇毅，虽遭阴谋秘计，压抑至数千年，而终于没有消亡的明证了。倘要寻求这一次死伤者对于将来的意义，意义就在此罢。

苟活者在淡红的血色中，会依稀看见微茫的希望；真的猛士，将更奋然而前行。

呜呼，我说不出话，但以此记念刘和珍君！

一九二六年四月一日

为了忘却的记念[1]

一

我早已想写一点文字，来记念几个青年的作家。这并非为了别的，只因为两年以来，悲愤总时时来袭击我的心，至今没有停止，我很想借此算是竦身一摇，将悲哀摆脱，给自己轻松一下，照直说，就是我倒要将他们忘却了。

两年前的此时，即一九三一年的二月七日夜或八日晨，是我们的五个青年作家同时遇害的时候。当时上海的报章都不敢载这件事，或者也许是不愿，或不屑载这件事，只在《文艺新闻》上有一点隐约其辞的文章。那第十一期（五月二十五日）里，有一篇林莽先生作的《白莽印象记》，中间说：

“他作了好些诗，又译过匈牙利诗人彼得斐的几首诗，当时的《奔流》的编辑者鲁迅接到了他的投稿，便来信要和他会面，但他却是不愿见名人的人，结果是鲁迅自己跑来找他，竭力鼓励他作文学的工作，但他终于不能坐在亭子间里写，又去跑他的路了。不久，他又一次的被了捕。……”

这里所说的我们的事情其实是不确的。白莽并没有这么高慢，他曾经到过我的寓所来，但也不是因为我要求和他会面；我也没有这么高慢，对于一位素不相识的投稿者，会轻率地写信去叫他。我们相见的原因很平常，那时他所投的是从德文译出的彼得斐传，我就发信去讨原文，原文是载在诗集前面的，邮寄不便，他就亲自送来了。看去是一个二十多岁的青年，面貌很端正，颜色是黑黑的，当时的谈话我已经忘却，只记得他自说姓徐，象山人；我问他为什么代你收信的女士是这么一个怪名字（怎么怪法，现在也忘却了），他说她就喜欢起得这么怪，罗曼谛克，自己也有些和她不大对劲了。就只剩了这一点。

夜里，我将译文和原文粗粗地对了一遍，知道除几处误译之外，还有一个故意的曲译。他象是不喜欢“国民诗人”这个字的，都改成“民众诗人”了。第二

①出自《南腔北调集》，本篇最初发表于1933年4月1日《现代》第二卷第六期。

天又接到他一封来信，说很悔和我相见，他的话多，我的话少，又冷，好象受了一种威压似的。我便写一封回信去解释，说初次相会，说话不多，也是人之常情，并且告诉他不应该由自己的爱憎，将原文改变。因为他的原书留在我这里了，就将我所藏的两本集子送给他，问他可能再译几首诗，以供读者的参看。他果然译了几首，自己拿来了，我们就谈得比第一回多一些。这传和诗，后来就都登在《奔流》第二卷第五本，即最末的一本里。

我们第三次相见，我记得是在一个热天，有人打门了，我去开门时，来的就是白莽，却穿着一件厚棉袍，汗流满面，彼此都不禁失笑。这时他才告诉我他是一个革命者，刚由被捕而释出，衣服和书籍全被没收了，连我送他的那两本；身上的袍子是从朋友那里借来的，没有夹衫，而必须穿长衣，所以只好这么出汗。我想，这大约就是林莽先生说的“又一次的被了捕”的那一次了。

我很欣幸他的得释，就赶紧付给稿费，使他可以买一件夹衫，但一面又很为我的那两本书痛惜：落在捕房的手里，真是明珠投暗了。那两本书，原是极平常的，一本散文，一本诗集，据德文译者说，这是他搜集起来的，虽在匈牙利本国，也还没有这么完全的本子，然而印在《莱克朗氏万有文库》（Reclam's Universal-Bibliothek）中，倘在德国，就随处可得，也值不到一元钱。不过在我是一种宝贝，因为这是三十年前，正当我热爱彼得斐的时候，特地托丸善书店从德国去买来的，那时还恐怕因为书极便宜，店员不肯经手，开口时非常惴惴。后来大抵带在身边，只是情随事迁，已没有翻译的意思了，这回便决计送给这也如我的那时一样，热爱彼得斐的诗的青年，算是给它寻得了一个好着落。所以还郑重其事，托柔石亲自送去的。谁料竟会落在“三道头”①之类的手里的呢，这岂不冤枉！

二

我的决不邀投稿者相见，其实也并不完全因为谦虚，其中含着省事的分子也不少。由于历来的经验，我知道青年们，尤其是文学青年们，十之九是感觉很敏，自尊心也很旺盛的，一不小心，极容易得到误解，所以倒是故意回避的时候多。见面尚且怕，更不必说敢有托付了。但那时我在上海，也有一个惟一的不但敢于

①三道头：当时上海公共租界里的巡官，制服袖上缀有三道倒人字形标志，被称作“三道头”。

随便谈笑，而且还敢于托他办点私事的人，那就是送书去给白莽的柔石。

我和柔石最初的相见，不知道是何时，在那里。他仿佛说过，曾在北京听过我的讲义，那么，当在八九年之前了。我也忘记了在上海怎么来往起来，总之，他那时住在景云里，离我的寓所不过四五家门面，不知怎么一来，就来往起来了。大约最初的一回他就告诉我是姓赵，名平复。但他又曾谈起他家乡的豪绅的气焰之盛，说是有一个绅士，以为他的名字好，要给儿子用，叫他不要用这名字了。所以我疑心他的原名是“平福”，平稳而有福，才正中乡绅的意，对于“复”字却未必有这么热心。他的家乡，是台州的宁海，这只要一看他那台州式的硬气就知道，而且颇有点迂，有时会令我忽而想到方孝孺①，觉得好象也有些这模样的。

他躲在寓里弄文学，也创作，也翻译，我们往来了许多日，说得投合起来了，于是另外约定了几个同意的青年，设立朝华社。目的是在绍介东欧和北欧的文学，输入外国的版画，因为我们都以为应该来扶植一点刚健质朴的文艺。接着就印《朝花旬刊》，印《近代世界短篇小说集》，印《艺苑朝华》，算都在循着这条线，只有其中的一本《　谷虹儿画选》，是为了扫荡上海滩上的“艺术家”，即戳穿叶灵凤这纸老虎而印的。

然而柔石自己没有钱，他借了二百多块钱来做印本。除买纸之外，大部分的稿子和杂务都是归他做，如跑印刷局，制图，校字之类。可是往往不如意，说起来皱着眉头。看他旧作品，都很有悲观的气息，但实际上并不然，他相信人们是好的。我有时谈到人会怎样的骗人，怎样的卖友，怎样的吮血，他就前额亮晶晶的，惊疑地圆睁了近视的眼睛，抗议道，“会这样的么？——不至于此罢？……”

不过朝花社不久就倒闭了，我也不想说清其中的原因，总之是柔石的理想的头，先碰了一个大钉子，力气固然白化，此外还得去借一百块钱来付纸账。后来他对于我那“人心惟危”说的怀疑减少了，有时也叹息道，“真会这样的么？……”但是，他仍然相信人们是好的。

他于是一面将自己所应得的朝花社的残书送到明日书店和光华书局去，希望还能够收回几文钱，一面就拼命地译书，准备还借款，这就是卖给商务印书馆的《丹

①方孝孺：明建文帝朱允炆时的侍讲学士、文学博士。建文四年（1402）建文帝的叔父燕王朱棣起兵攻陷南京，自立为帝（即永乐帝），命他起草即位诏书；他坚决不从，遂遭杀害，被灭十族。

麦短篇小说集》和戈理基作的长篇小说《阿尔泰莫诺夫之事业》。但我想，这些译稿，也许去年已被兵火烧掉了。

他的迂渐渐的改变起来，终于也敢和女性的同乡或朋友一同去走路了，但那距离，却至少总有三四尺的。这方法很不好，有时我在路上遇见他，只要在相距三四尺前后或左右有一个年青漂亮的女人，我便会疑心就是他的朋友。但他和我一同走路的时候，可就走得近了，简直是扶住我，因为怕我被汽车或电车撞死；我这面也为他近视而又要照顾别人担心，大家都仓皇失措的愁一路，所以倘不是万不得已，我是不大和他一同出去的，我实在看得他吃力，因而自己也吃力。

无论从旧道德，从新道德，只要是损己利人的，他就挑选上，自己背起来。

他终于决定地改变了，有一回，曾经明白地告诉我，此后应该转换作品的内容和形式。我说：这怕难罢，譬如使惯了刀的，这回要他要棍，怎么能行呢？他简洁地答道：只要学起来！

他说的并不是空话，真也在从新学起来了，其时他曾经带了一个朋友来访我，那就是冯铿女士。谈了一些天，我对于她终于很隔膜，我疑心她有点罗曼谛克，急于事功；我又疑心柔石的近来要做大部的小说，是发源于她的主张的。但我又疑心我自己，也许是柔石的先前的斩钉截铁的回答，正中了我那其实是偷懒的主张的伤疤，所以不自觉地迁怒到她身上去了。——我其实也并不比我所怕见的神经过敏而自尊的文学青年高明。

她的体质是弱的，也并不美丽。

三

直到左翼作家联盟成立之后，我才知道我所认识的白莽，就是在《拓荒者》上作诗的殷夫。有一次大会时，我便带了一本德译的，一个美国的新闻记者所做的中国游记去送他，这不过以为他可以由此练习德文，另外并无深意。然而他没有来。我只得又托了柔石。

但不久，他们竟一同被捕，我的那一本书，又被没收，落在“三道头”之类的手里了。

四

明日书店要出一种期刊，请柔石去做编辑，他答应了；书店还想印我的译著，托他来问版税的办法，我便将我和北新书局所订的合同，抄了一份交给他，他向衣袋里一塞，匆匆地走了。其时是一九三一年一月十六日的夜间，而不料这一去，竟就是我和他相见的末一回，竟就是我们的永诀。

第二天，他就在一个会场上被捕了，衣袋里还藏着我那印书的合同，听说官厅因此正在找寻我。印书的合同，是明明白白的，但我不愿意到那些不明不白的地方去辩解。记得《说岳全传》①里讲过一个高僧，当追捕的差役刚到寺门之前，他就“坐化”了，还留下什么“何立从东来，我向西方走”的偈子。这是奴隶所幻想的脱离苦海的惟一的好方法，“剑侠”盼不到，最自在的惟此而已。我不是高僧，没有涅　的自由，却还有生之留恋，我于是就逃走。

这一夜，我烧掉了朋友们的旧信札，就和女人抱着孩子走在一个客栈里。不几天，即听得外面纷纷传我被捕，或是被杀了，柔石的消息却很少。有的说，他曾经被巡捕带到明日书店里，问是否是编辑；有的说，他曾经被巡捕带往北新书局去，问是否是柔石，手上上了铐，可见案情是重的。但怎样的案情，却谁也不明白。

他在囚系中，我见过两次他写给同乡的信，第一回是这样的——

“我与三十五位同犯（七个女的）于昨日到龙华。并于昨夜上了镣，开政治犯从未上镣之纪录。此案累及太大，我一时恐难出狱，书店事望兄为我代办之。现亦好，且跟殷夫兄学德文，此事可告周先生；望周先生勿念，我等未受刑。捕房和公安局，几次问周先生地址，但我那里知道。诸望勿念。祝好！

赵少雄一月二十四日。”

以上正面。

“洋铁饭碗，要二三只如不能见面，可将东西望转交赵少雄。”

以上背面。

他的心情并未改变，想学德文，更加努力；也仍在记念我，象在马路上行走时候一般。但他信里有些话是错误的，政治犯而上镣，并非从他们开始，但他向来看得官场还太高，以为文明至今，到他们才开始了严酷。其实是不然的。果然，第二封信就很不同，措词非常惨苦，且说冯女士的面目都浮肿了，可惜我没有抄下这封信。其时传说也更加纷繁，说他可以赎出的也有，说他已经解往南京的也

①《说岳全传》：清代康熙年间的一部以岳飞抗金故事为题材、带有某种历史演义色彩的英雄传奇小说。

有，毫无确信；而用函电来探问我的消息的也多起来，连母亲在北京也急得生病了，我只得一一发信去更正，这样的大约有二十天。

天气愈冷了，我不知道柔石在那里有被褥不？我们是有的。洋铁碗可曾收到了没有？……但忽然得到一个可靠的消息，说柔石和其他二十三人，已于二月七日夜或八日晨，在龙华警备司令部被枪毙了，他的身上中了十弹。

原来如此！……

在一个深夜里，我站在客栈的院子中，周围是堆着的破烂的什物；人们都睡觉了，连我的女人和孩子。我沉重地感到我失掉了很好的朋友，中国失掉了很好的青年，我在悲愤中沉静下去了，然而积习却从沉静中抬起头来，凑成了这样的几句：

“惯于长夜过春时，挈妇将雏鬓有丝。

梦里依稀慈母泪，城头变幻大王旗。

忍看朋辈成新鬼，怒向刀丛觅小诗。

吟罢低眉无写处，月光如水照缁衣。”

但末二句，后来不确了，我终于将这写给了一个日本的歌人。

可是在中国，那时是确无写处的，禁锢得比罐头还严密。我记得柔石在年底曾回故乡，住了好些时，到上海后很受朋友的责备。他悲愤地对我说，他的母亲双眼已经失明了，要他多住几天，他怎么能够就走呢？我知道这失明的母亲的眷眷的心，柔石的拳拳的心。当《北斗》创刊时，我就想写一点关于柔石的文章，然而不能够，只得选了一幅珂勒惠支（KaHtheKollwitz）夫人的木刻，名曰《牺牲》，是一个母亲悲哀地献出她的儿子去的，算是只有我一个人心里知道的柔石的记念。

同时被难的四个青年文学家之中，李伟森我没有会见过，胡也频在上海也只见过一次面，谈了几句天。较熟的要算白莽，即殷夫了，他曾经和我通过信，投过稿，但现在寻起来，一无所得，想必是十七那夜统统烧掉了，那时我还没有知道被捕的也有白莽。然而那本《彼得斐诗集》却在的，翻了一遍，也没有什么，只在一首《Wahlspruch》（格言）的旁边，有钢笔写的四行译文道：

“生命诚宝贵，

爱情价更高；

若为自由故，

二者皆可抛！”

又在第二页上，写着“徐培根”三个字，我疑心这是他的真姓名。

五

前年的今日，我避在客栈里，他们却是走向刑场了；去年的今日，我在炮声中逃在英租界，他们则早已埋在不知那里的地下了；今年的今日，我才坐在旧寓里，人们都睡觉了，连我的女人和孩子。我又沉重地感到我失掉了很好的朋友，中国失掉了很好的青年，我在悲愤中沉静下去了，不料积习又从沉静中抬起头来，写下了以上那些字。

要写下去，在中国的现在，还是没有写处的。年青时读向子期《思旧赋》，很怪他为什么只有寥寥的几行，刚开头却又煞了尾。然而，现在我懂得了。

不是年青的为年老的写记念，而在这三十年中，却使我目睹许多青年的血，层层淤积起来，将我埋得不能呼吸，我只能用这样的笔墨，写几句文章，算是从泥土中挖一个小孔，自己延口残喘，这是怎样的世界呢。夜正长，路也正长，我不如忘却，不说的好罢。但我知道，即使不是我，将来总会有记起他们，再说他们的时候的。……

一九三三年二月七—八日

散文诗

秋　夜[①]

在我的后园，可以看见墙外有两株树，一株是枣树，还有一株也是枣树。

这上面的夜的天空，奇怪而高，我生平没有见过这样的奇怪而高的天空。他仿佛要离开人间而去，使人们仰面不再看见。然而现在却非常之蓝，闪闪地䀹着几十个星星的眼，冷眼。他的口角上现出微笑，似乎自以为大有深意，而将繁霜洒在我的园里的野花草上。

我不知道那些花草真叫什么名字，人们叫他们什么名字。我记得有一种开过极细小的粉红花，现在还开着，但是更极细小了，她在冷的夜气中，瑟缩地做梦，梦见春的到来，梦见秋的到来，梦见瘦的诗人将眼泪擦在她最末的花瓣上，告诉她秋虽然来，冬虽然来，而此后接着还是春，胡蝶乱飞，蜜蜂都唱起春词来了。她于是一笑，虽然颜色冻得红惨惨的，仍然瑟缩着。

枣树，他们简直落尽了叶子。先前，还有一两个孩子来打他们别人打剩的枣子，现在是一个也不剩了，连叶子也落尽了。他知道小粉红花的梦，秋后要有春；他也知道落叶的梦，春后还是秋。他简直落尽叶子，单剩干子，然而脱了当初满树是果实和叶子时候的弧形，欠伸得很舒服。但是，有几枝还低亚着，护定他从打枣的竿梢所得的皮伤，而最直最长的几枝，却已默默地铁似的直刺着奇怪而高的天空，使天空闪闪地鬼䀹眼；直刺着天空中圆满的月亮，使月亮窘得发白。

鬼䀹眼的天空越加非常之蓝，不安了，仿佛想离去人间，避开枣树，只将月亮剩下。然而月亮也暗暗地躲到东边去了。而一无所有的干子，却仍然默默地铁似的直刺着奇怪而高的天空，一意要制他的死命，不管他各式各样地䀹着许多蛊惑的眼睛。

哇的一声，夜游的恶鸟飞过了。

我忽而听到夜半的笑声，吃吃的，似乎不愿意惊动睡着的人，然而四围的空

---

①出自《野草》，本篇最初发表于1924年12月1日《语丝》周刊第三期。

气都应和着笑。夜半，没有别的人，我即刻听出这声音就在我嘴里，我也即刻被这笑声所驱逐，回进自己的房。灯火的带子也即刻被我旋高了。

后窗的玻璃上丁丁地响，还有许多小飞虫乱撞。不多久，几个进来了，许是从窗纸的破孔进来的。他们一进来，又在玻璃的灯罩上撞得丁丁地响。一个从上面撞进去了，他于是遇到火，而且我以为这火是真的。两三个却休息在灯的纸罩上喘气。那罩是昨晚新换的罩，雪白的纸，折出波浪纹的叠痕，一角还画出一枝猩红色的栀子。

猩红的栀子开花时，枣树又要做小粉红花的梦，青葱地弯成弧形了……我又听到夜半的笑声；我赶紧砍断我的心绪，看那老在白纸罩上的小青虫，头大尾小，向日葵子似的，只有半粒小麦那么大，遍身的颜色苍翠得可爱、可怜。

我打一个呵欠，点起一支纸烟，喷出烟来，对着灯默默地敬奠这些苍翠精致的英雄们。

一九二四年九月十五日

影的告别[①]

人睡到不知道时候的时候，就会有影来告别，说出那些话——

有我所不乐意的在天堂里，我不愿去；有我所不乐意的在地狱里，我不愿去；有我所不乐意的在你们将来的黄金世界里，我不愿去。

然而你就是我所不乐意的。

朋友，我不想跟随你了，我不愿住。

我不愿意！

呜呼呜呼，我不愿意，我不如彷徨于无地。

我不过一个影，要别你而沉没在黑暗里了。然而黑暗又会吞并我，然而光明又会使我消失。

然而我不愿彷徨于明暗之间，我不如在黑暗里沉没。

然而我终于彷徨于明暗之间，我不知道是黄昏还是黎明。我姑且举灰黑的手装作喝干一杯酒，我将在不知道时候的时候独自远行。

呜呼呜呼，倘若黄昏，黑夜自然会来沉没我，否则我要被白天消失，如果现是黎明。

朋友，时候近了。

我将向黑暗里彷徨于无地。

你还想我的赠品。我能献你甚么呢？无已，则仍是黑暗和虚空而已。但是，我愿意只是黑暗，或者会消失于你的白天；我愿意只是虚空，决不占你的心地。

---

①出自《野草》，本篇最初发表于 1924 年 12 月 8 日《语丝》周刊第四期。

我愿意这样，朋友——

我独自远行，不但没有你，并且再没有别的影在黑暗里。只有我被黑暗沉没，那世界全属于我自己。

一九二四年九月二十四日

- 阅读助手
- 名著精析
- 走近作者
- 读后练习

求乞者[①]

我顺着剥落的高墙走路，踏着松的灰土。另外有几个人，各自走路。微风起来，露在墙头的高树的枝条带着还未干枯的叶子在我头上摇动。

微风起来，四面都是灰土。

一个孩子向我求乞，也穿着夹衣，也不见得悲戚，而拦着磕头，追着哀呼。

我厌恶他的声调、态度。我憎恶他并不悲哀，近于儿戏；我烦腻他这追着哀呼。

我走路。另外有几个人各自走路。微风起来，四面都是灰土。

一个孩子向我求乞，也穿着夹衣，也不见得悲戚，但是哑的，摊开手，装着手势。

我就憎恶他这手势。而且，他或者并不哑，这不过是一种求乞的法子。

我不布施，我无布施心，我但居布施者之上，给与烦腻、疑心、憎恶。

我顺着倒败的泥墙走路，断砖叠在墙缺口，墙里面没有什么。微风起来，送秋寒穿透我的夹衣；四面都是灰土。

我想着我将用什么方法求乞：发声，用怎样声调？装哑，用怎样手势？……

另外有几个人各自走路。

我将得不到布施，得不到布施心；我将得到自居于布施之上者的烦腻、疑心、憎恶。

我将用无所为和沉默求乞！……

我至少将得到虚无。

微风起来，四面都是灰土。另外有几个人各自走路。

灰土，灰土，……

……

灰土……

一九二四年九月二十四日

---

①出自《野草》，本篇最初发表于1924年12月8日《语丝》周刊第四期。

我的失恋[1]

——拟古的新打油诗

我的所爱在山腰；
想去寻她山太高，
低头无法泪沾袍。
爱人赠我百蝶巾；
回她什么：猫头鹰。
从此翻脸不理我，
不知何故兮使我心惊。
我的所爱在闹市；
想去寻她人拥挤，
仰头无法泪沾耳。
爱人赠我双燕图；
回她什么：冰糖壶卢[2]。
从此翻脸不理我，
不知何故兮使我胡涂。
我的所爱在河滨；
想去寻她河水深，
歪头无法泪沾襟。
爱人赠我金表索；
回她什么：发汗药。
从此翻脸不理我，

---

①出自《野草》，本篇最初发表于 1924 年 12 月 8 日《语丝》周刊第四期。
②壶卢：同“葫芦”，全书正文同。

不知何故兮使我神经衰弱。

我的所爱在豪家；

想去寻她兮没有汽车，

摇头无法泪如麻。

爱人赠我玫瑰花；

回她什么：赤练蛇。

从此翻脸不理我，

不知何故兮——由她去罢。

一九二四年十月三日

复 仇[①]

人的皮肤之厚，大概不到半分，鲜红的热血，就循着那后面，在比密密层层地爬在墙壁上的槐蚕更其密的血管里奔流，散出温热。于是各以这温热互相蛊惑，煽动，牵引，拼命地希求偎倚，接吻，拥抱，以得生命的沉酣的大欢喜。

但倘若用一柄尖锐的利刃，只一击，穿透这桃红色的，菲薄的皮肤，将见那鲜红的热血激箭似的以所有温热直接灌溉杀戮者；其次，则给以冰冷的呼吸，示以淡白的嘴唇，使之人性茫然，得到生命的飞扬的极致的大欢喜；而其自身，则永远沉浸于生命的飞扬的极致的大欢喜中。

这样，所以，有他们俩裸着全身，捏着利刃，对立于广漠的旷野之上。

他们俩将要拥抱，将要杀戮……

路人们从四面奔来，密密层层地，如槐蚕爬上墙壁，如蚂蚁要扛鲞头[②]。衣服都漂亮，手倒空的。然而从四面奔来，而且拼命地伸长脖子，要赏鉴这拥抱或杀戮。他们已经预觉着事后的自己的舌上的汗或血的鲜味。

然而他们俩对立着，在广漠的旷野之上，裸着全身，捏着利刃，然而也不拥抱，也不杀戮，而且也不见有拥抱或杀戮之意。

他们俩这样地至于永久，圆活的身体，已将干枯，然而毫不见有拥抱或杀戮之意。

路人们于是乎无聊；觉得有无聊钻进他们的毛孔，觉得有无聊从他们自己的心中由毛孔钻出，爬满旷野，又钻进别人的毛孔中。他们于是觉得喉舌干燥，脖子也乏了；终至于面面相觑，慢慢走散；甚而至于居然觉得干枯到失了生趣。

于是只剩下广漠的旷野，而他们俩在其间裸着全身，捏着利刃，干枯地立着；以死人似的眼光，赏鉴这路人们的干枯，无血的大戮，而永远沉浸于生命的飞扬的极致的大欢喜中。

一九二四年十二月二十日

---

①出自《野草》，本篇最初发表于 1924 年 12 月 29 日《语丝》周刊第七期。

②鲞（xiǎng）头：即鱼头；江浙等地俗称干鱼、腊鱼为鲞。

复仇（其二）[①]

因为他自以为神之子，以色列的王，所以去钉十字架。

兵丁们给他穿上紫袍，戴上荆冠，庆贺他；又拿一根苇子打他的头，吐他，屈膝拜他；戏弄完了，就给他脱了紫袍，仍穿他自己的衣服。

看哪，他们打他的头，吐他，拜他……

他不肯喝那用没药[②]调和的酒，要分明地玩味以色列人怎样对付他们的神之子，而且较永久地悲悯他们的前途，然而仇恨他们的现在。

四面都是敌意，可悲悯的，可咒诅的。

丁丁地响，钉尖从掌心穿透，他们要钉杀他们的神之子了；可悯的人们呵，使他痛得柔和。丁丁地响，钉尖从脚背穿透，钉碎了一块骨，痛楚也透到心髓中，然而他们自己钉杀着他们的神之子了，可咒诅的人们呵，这使他痛得舒服。

十字架竖起来了；他悬在虚空中。

他没有喝那用没药调和的酒，要分明地玩味以色列人怎样对付他们的神之子，而且较永久地悲悯他们的前途，然而仇恨他们的现在。

路人都辱骂他，祭司长和文士也戏弄他，和他同钉的两个强盗也讥诮他。

看哪，和他同钉的……

四面都是敌意，可悲悯的，可咒诅的。

他在手足的痛楚中，玩味着可悯的人们的钉杀神之子的悲哀和可咒诅的人们要钉杀神之子，而神之子就要被钉杀了的欢喜。突然间，碎骨的大痛楚透到心髓了，他即沉酣于大欢喜和大悲悯中。

他腹部波动了，悲悯和咒诅的痛楚的波。

---

①出自《野草》，本篇最初发表于 1924 年 12 月 29 日《语丝》周刊第七期。

②没药：药名，一作“末药”，梵语音译。由没药树树皮中渗出的脂液凝结而成。有镇静、麻醉等作用。《马可福音》第十五章有兵丁拿没药调和的酒给耶稣，耶稣不受的记载。

遍地都黑暗了。

“以罗伊，以罗伊，拉马撒巴各大尼？！”（翻出来，就是：我的上帝，你为甚么离弃我？！）

上帝离弃了他，他终于还是一个“人之子”；然而以色列人连“人之子”都钉杀了。

钉杀了“人之子”的人们的身上，比钉杀了“神之子”的尤其血污，血腥。

一九二四年十二月二十日

希　望[1]

我的心分外地寂寞。

然而我的心很平安：没有爱憎，没有哀乐，也没有颜色和声音。

我大概老了。我的头发已经苍白，不是很明白的事么？我的手颤抖着，不是很明白的事么？那么，我的魂灵的手一定也颤抖着，头发也一定苍白了。

然而这是许多年前的事了。

这以前，我的心也曾充满过血腥的歌声：血和铁，火焰和毒，恢复和报仇。而忽而这些都空虚了，但有时故意地填以没奈何的自欺的希望。希望，希望，用这希望的盾，抗拒那空虚中的暗夜的袭来，虽然盾后面也依然是空虚中的暗夜。然而就是如此，陆续地耗尽了我的青春。

我早先岂不知我的青春已经逝去了？但以为身外的青春固在：星，月光，僵坠的胡蝶，暗中的花，猫头鹰的不祥之言，杜鹃的啼血，笑的渺茫，爱的翔舞。……虽然是悲凉飘渺的青春罢，然而究竟是青春。

然而现在何以如此寂寞？难道连身外的青春也都逝去，世上的青年也多衰老了么？

我只得由我来肉薄这空虚中的暗夜了。我放下了希望之盾，我听到 Petőfi Sándor[2]（1823—1849）的“希望”之歌：希望是甚么？是娼妓：她对谁都蛊惑，将一切都献给；待你牺牲了极多的宝贝——你的青春——她就弃掉你。

这伟大的抒情诗人，匈牙利的爱国者，为了祖国而死在可萨克[3]兵的矛尖上，

---

①出自《野草》，本篇最初发表于 1925 年 1 月 19 日《语丝》周刊第十期。

② Petőfi Sándor：裴多菲·山陀尔（1823—1849），匈牙利诗人、革命家。曾参加 1848 年至 1849 年间反抗奥地利的民族革命战争，在作战中英勇牺牲。

③可萨克：通译“哥萨克”，原为突厥语，意思是“自由的人”或“勇敢的人”。是一群生活在东欧大草原的游牧社群。

已经七十五年了。悲哉死也，然而更可悲的是他的诗至今没有死。

但是，可惨的人生！桀骜英勇的Pet ǒ fi，也终于对了暗夜止步，回顾着茫茫的东方了。他说：绝望之为虚妄，正与希望相同。倘使我还得偷生在不明不暗的这“虚妄”中，我就还要寻求那逝去的悲凉飘渺的青春，但不妨在我的身外。因为身外的青春倘一消灭，我身中的迟暮也即凋零了。

然而现在没有星和月光，没有僵坠的胡蝶以至笑的渺茫，爱的翔舞。然而青年们很平安。

我只得由我来肉薄这空虚中的暗夜了，纵使寻不到身外的青春，也总得自己来一掷我身中的迟暮。但暗夜又在哪里呢？现在没有星，没有月光以至笑的渺茫和爱的翔舞；青年们很平安，而我的面前又竟至于并且没有真的暗夜。

绝望之为虚妄，正与希望相同！

一九二五年一月一日

雪[1]

暖国的雨，向来没有变过冰冷的坚硬的灿烂的雪花。博识的人们觉得他单调，他自己也以为不幸否耶？江南的雪，可是滋润美艳之至了；那是还在隐约着的青春的消息，是极壮健的处子的皮肤。雪野中有血红的宝珠山茶，白中隐青的单瓣梅花，深黄的磬口的腊梅花；雪下面还有冷绿的杂草。胡蝶确乎没有；蜜蜂是否来采山茶花和梅花的蜜，我可记不真切了。但我的眼前仿佛看见冬花开在雪野中，有许多蜜蜂们忙碌地飞着，也听得他们嗡嗡地闹着。

孩子们呵着冻得通红，象紫芽姜一般的小手，七八个一齐来塑雪罗汉。因为不成功，谁的父亲也来帮忙了。罗汉就塑得比孩子们高得多，虽然不过是上小下大的一堆，终于分不清是壶卢还是罗汉，然而很洁白，很明艳，以自身的滋润相粘结，整个地闪闪地生光。孩子们用龙眼核给他做眼珠，又从谁的母亲的脂粉奁[2]中偷得胭脂来涂在嘴唇上。这回确是一个大阿罗汉了。他也就目光灼灼地嘴唇通红地坐在雪地里。

第二天还有几个孩子来访问他；对了他拍手，点头，嘻笑。但他终于独自坐着了。晴天又来消释他的皮肤，寒夜又使他结一层冰，化作不透明的水晶模样，连续的晴天又使他成为不知道算什么，而嘴上的胭脂也褪尽了。

但是，朔方[3]的雪花在纷飞之后，却永远如粉，如沙，他们决不粘连，撒在屋上，地上，枯草上，就是这样。屋上的雪是早已就有消化了的，因为屋里居人的火的温热。别的，在晴天之下，旋风忽来，便蓬勃地奋飞，在日光中灿灿地生光，

---

①出自《野草》，本篇最初发表于 1925 年 1 月 26 日《语丝》周刊第十一期。

②脂粉奁（lián）：意为装胭脂和香粉的盒子，化妆盒的古代称谓。

③朔方：北方。

如包藏火焰的大雾，旋转而且升腾，弥漫太空，使太空旋转而且升腾地闪烁。

在无边的旷野上，在凛冽的天宇下，闪闪地旋转升腾着的是雨的精魂……

是的，那是孤独的雪，是死掉的雨，是雨的精魂。

一九二五年一月十八日

- 阅读助手
- 名著精析
- 走近作者
- 读后练习

风　筝①

北京的冬季，地上还有积雪，灰黑色的秃树枝丫杈于晴朗的天空中，而远处有一二风筝浮动，在我是一种惊异和悲哀。

故乡的风筝时节，是春二月，倘听到沙沙的风轮声，仰头便能看见一个淡墨色的蟹风筝或嫩蓝色的蜈蚣风筝。还有寂寞的瓦片风筝，没有风轮，又放得很低，伶仃地显出憔悴可怜模样。但此时地上的杨柳已经发芽，早的山桃也多吐蕾，和孩子们的天上的点缀相照应，打成一片春日的温和。我现在在那里呢？四面都还是严冬的肃杀，而久经诀别的故乡的久经逝去的春天，却就在这天空中荡漾了。

但我是向来不爱放风筝的，不但不爱，并且嫌恶他，因为我以为这是没出息孩子所做的玩意。和我相反的是我的小兄弟，他那时大概十岁内外罢，多病，瘦得不堪，然而最喜欢风筝，自己买不起，我又不许放，他只得张着小嘴，呆看着空中出神，有时至于小半日。远处的蟹风筝突然落下来了，他惊呼；两个瓦片风筝的缠绕解开了，他高兴得跳跃。他的这些，在我看来都是笑柄，可鄙的。

有一天，我忽然想起，似乎多日不很看见他了，但记得曾见他在后园拾枯竹。我恍然大悟似的，便跑向少有人去的一间堆积杂物的小屋去，推开门，果然就在尘封的什物堆中发见了他。他向着大方凳，坐在小凳上；便很惊惶地站了起来，失了色瑟缩着。大方凳旁靠着一个胡蝶风筝的竹骨，还没有糊上纸，凳上是一对做眼睛用的小风轮，正用红纸条装饰着，将要完工了。我在破获秘密的满足中，又很愤怒他的瞒了我的眼睛，这样苦心孤诣地来偷做没出息孩子的玩意。我即刻伸手折断了胡蝶的一只翅骨，又将风轮掷在地下，踏扁了。论长幼，论力气，他是都敌不过我的，我当然得到完全的胜利，于是傲然走出，留他绝望地站在小屋里。后来他怎样，我不知道，也没有留心。

然而我的惩罚终于轮到了，在我们离别得很久之后，我已经是中年。我不幸

---

①出自《野草》，本篇最初发表于1925年2月2日《语丝》周刊第十二期。

偶尔看了一本外国的讲论儿童的书，才知道游戏是儿童最正当的行为，玩具是儿童的天使。于是二十年来毫不忆及的幼小时候对于精神的虐杀的这一幕，忽地在眼前展开，而我的心也仿佛同时变了铅块，很重很重地堕下去了。

但心又不竟堕下去而至于断绝，他只是很重很重地堕着，堕着。

我也知道补过的方法的：送他风筝，赞成他放，劝他放，我和他一同放。我们嚷着，跑着，笑着。——然而他其时已经和我一样，早已有了胡子了。

我也知道还有一个补过的方法的：去讨他的宽恕，等他说，“我可是毫不怪你呵。”那么，我的心一定就轻松了，这确是一个可行的方法。有一回，我们会面的时候，是脸上都已添刻了许多“生”的辛苦的条纹，而我的心很沉重。我们渐渐谈起儿时的旧事来，我便叙述到这一节，自说少年时代的胡涂。“我可是毫不怪你呵。”我想，他要说了，我即刻便受了宽恕，我的心从此也宽松了罢。

“有过这样的事么？”他惊异地笑着说，就象旁听着别人的故事一样。他什么也不记得了。

全然忘却，毫无怨恨，又有什么宽恕之可言呢？无怨的恕，说谎罢了。

我还能希求什么呢？我的心只得沉重着。

现在，故乡的春天又在这异地的空中了，既给我久经逝去的儿时的回忆，而一并也带着无可把握的悲哀。我倒不如躲到肃杀的严冬中去罢，——但是，四面又明明是严冬，正给我非常的寒威和冷气。

一九二五年一月二十四日

狗的驳诘①

我梦见自己在隘巷中行走，衣履破碎，象乞食者。

一条狗在背后叫起来了。

我傲慢地回顾，叱咤说：

“呔！住口！你这势利的狗！”

“嘻嘻！”他笑了，还接着说，“不敢，愧不如人呢。”

“什么?！”我气愤了，觉得这是一个极端的侮辱。

“我惭愧：我终于还不知道分别铜和银；还不知道分别布和绸；还不知道分别官和民；还不知道分别主和奴；还不知道……”

我逃走了。

“且慢！我们再谈谈……”他在后面大声挽留。

我一径逃走，尽力地走，直到逃出梦境，躺在自己的床上。

一九二五年四月二十三日

①出自《野草》，本篇最初发表于1925年5月4日《语丝》周刊第二十五期。

失掉的好地狱[①]

我梦见自己躺在床上，在荒寒的野外，地狱的旁边。一切鬼魂们的叫唤无不低微，然有秩序，与火焰的怒吼，油的沸腾，钢叉的震颤相和鸣，造成醉心的大乐，布告三界：地下太平。

有一伟大的男子站在我面前，美丽、慈悲，遍身有大光辉，然而我知道他是魔鬼。

“一切都已完结，一切都已完结！可怜的鬼魂们将那好的地狱失掉了！”他悲愤地说，于是坐下，讲给我一个他所知道的故事——

“天地作蜂蜜色的时候，就是魔鬼战胜天神，掌握了主宰一切的大威权的时候。他收得天国，收得人间，也收得地狱。他于是亲临地狱，坐在中央，遍身发大光辉，照见一切鬼众。

“地狱原已废弛得很久了：剑树[②]消却光芒；沸油的边际早不腾涌；大火聚有时不过冒些青烟，远处还萌生曼陀罗花，花极细小，惨白可怜。——那是不足为奇的，因为地上曾经大被焚烧，自然失了他的肥沃。

“鬼魂们在冷油温火里醒来，从魔鬼的光辉中看见地狱小花，惨白可怜，被大蛊惑，倏忽间记起人世，默想至不知几多年，遂同时向着人间，发一声反狱的绝叫。

“人类便应声而起，仗义执言，与魔鬼战斗。战声遍满三界，远过雷霆。终于运大谋略，布大网罗，使魔鬼并且不得不从地狱出走。最后的胜利，是地狱门上也竖了人类的旌旗！

“当鬼魂们一齐欢呼时，人类的整饬地狱使者已临地狱，坐在中央，用了人类的威严，叱咤一切鬼众。

①出自《野草》，本篇最初发表于1925年6月22日《语丝》周刊第三十二期。

②剑树：佛教宣扬的地狱酷刑。

“当鬼魂们又发一声反狱的绝叫时，即已成为人类的叛徒，得到永劫沉沦的罚，迁入剑树林的中央。

“人类于是完全掌握了主宰地狱的大威权，那威棱且在魔鬼以上。人类于是整顿废弛，先给牛首阿旁[①]以最高的俸草；而且，添薪加火，磨砺刀山，使地狱全体改观，一洗先前颓废的气象。

“曼陀罗花立即焦枯了。油一样沸；刀一样铦；火一样热；鬼众一样呻吟，一样宛转，至于都不暇记起失掉的好地狱。

“这是人类的成功，是鬼魂的不幸……

“朋友，你在猜疑我了。是的，你是人！我且去寻野兽和恶鬼……”

一九二五年六月十六日

①牛首阿旁：佛教传说中地狱里牛头人身的鬼卒。

墓碣文[1]

我梦见自己正和墓碣[2]对立，读着上面的刻辞。那墓碣似是沙石所制，剥落很多，又有苔藓丛生，仅存有限的文句——

……于浩歌狂热之际中寒；于天上看见深渊。于一切眼中看见无所有；于无所希望中得救。……

……有一游魂，化为长蛇，口有毒牙。不以啮人，自啮其身，终以殒颠[3]。……

……离开！……

我绕到碣后，才见孤坟，上无草木，且已颓坏。即从大阙口中，窥见死尸，胸腹俱破，中无心肝。而脸上却绝不显哀乐之状，但蒙蒙如烟然。

我在疑惧中不及回身，然而已看见墓碣阴面的残存的文句——

……抉心自食，欲知本味。创痛酷烈，本味何能知？……

……痛定之后，徐徐食之。然其心已陈旧，本味又何由知？……

……答我。否则，离开！……

我就要离开。而死尸已在坟中坐起，口唇不动，然而说——

"待我成尘时，你将见我的微笑！"

我疾走，不敢反顾，生怕看见他的追随。

一九二五年六月十七日

---

①出自《野草》，本篇最初发表于1925年6月22日《语丝》周刊第三十二期。

②墓碣：圆顶的墓碑。

③殒颠：死亡。

颓败线的颤动[①]

我梦见自己在做梦。自身不知所在，眼前却有一间在深夜中紧闭的小屋的内部，但也看见屋上瓦松的茂密的森林。

板桌上的灯罩是新拭的，照得屋子里分外明亮。在光明中，在破榻上，在初不相识的披毛的强悍的肉块底下，有瘦弱渺小的身躯，为饥饿，苦痛，惊异，羞辱，欢欣而颤动。弛缓，然而尚且丰腴的皮肤光润了；青白的两颊泛出轻红，如铅上涂了胭脂水。

灯火也因惊惧而缩小了，东方已经发白。

然而空中还弥漫地摇动着饥饿，苦痛，惊异，羞辱，欢欣的波涛……

“妈！”约略两岁的女孩被门的开阖声惊醒，在草席围着的屋角的地上叫起来了。

“还早哩，再睡一会罢！”她惊惶地说。

“妈！我饿，肚子痛。我们今天能有什么吃的？”

“我们今天有吃的了。等一会有卖烧饼的来，妈就买给你。”她欣慰地更加紧捏着掌中的小银片，低微的声音悲凉地发抖，走近屋角去一看她的女儿，移开草席，抱起来放在破榻上。

“还早哩，再睡一会罢。”她说着，同时抬起眼睛，无可告诉地一看破旧的屋顶以上的天空。

空中突然另起了一个很大的波涛，和先前的相撞击，回旋而成旋涡，将一切并我尽行淹没，口鼻都不能呼吸。

我呻吟着醒来，窗外满是如银的月色，离天明还很辽远似的。

我自身不知所在，眼前却有一间在深夜中紧闭的小屋的内部，我自己知道是

---

①出自《野草》，本篇最初发表于1925年7月13日《语丝》周刊第三十五期。

在续着残梦。可是梦的年代隔了许多年了。屋的内外已经这样整齐；里面是青年的夫妻，一群小孩子，都怨恨鄙夷地对着一个垂老的女人。

“我们没有脸见人，就只因为你，”男人气忿地说，“你还以为养大了她，其实正是害苦了她，倒不如小时候饿死的好！”

“使我委屈一世的就是你！”女的说。

“还要带累了我！”男的说。

“还要带累他们哩！”女的说，指着孩子们。

最小的一个正玩着一片干芦叶，这时便向空中一挥，仿佛一柄钢刀，大声说道：

“杀！”

那垂老的女人口角正在痉挛，登时一怔，接着便都平静，不多时候，她冷静地，骨立的石像似的站起来了。她开开板门，迈步在深夜中走出，遗弃了背后一切的冷骂和毒笑。

她在深夜中尽走，一直走到无边的荒野；四面都是荒野，头上只有高天，并无一个虫鸟飞过。她赤身露体地，石像似的站在荒野的中央，于一刹那间照见过往的一切：饥饿，苦痛，惊异，羞辱，欢欣，于是发抖；害苦，委屈，带累，于是痉挛；杀，于是平静。……又于一刹那间将一切并合：眷念与决绝，爱抚与复仇，养育与歼除，祝福与咒诅。……她于是举两手尽量向天，口唇间漏出人与兽的，非人间所有，所以无词的言语。

当她说出无词的言语时，她那伟大如石像，然而已经荒废的，颓败的身躯的全面都颤动了。这颤动点点如鱼鳞，每一鳞都起伏如沸水在烈火上；空中也即刻一同振颤，仿佛暴风雨中的荒海的波涛。

她于是抬起眼睛向着天空，并无词的言语也沉默尽绝，惟有颤动，辐射若太阳光，使空中的波涛立刻回旋，如遭飓风，汹涌奔腾于无边的荒野。

我梦魇了，自己却知道是因为将手搁在胸脯上了的缘故；我梦中还用尽平生之力，要将这十分沉重的手移开。

一九二五年六月二十九日

立　论[1]

我梦见自己正在小学校的讲堂上预备作文，向老师请教立论的方法。

“难！”老师从眼镜圈外斜射出眼光来，看着我，说，“我告诉你一件事——

“一家人家生了一个男孩，合家高兴透顶了。满月的时候，抱出来给客人看，——大概自然是想得一点好兆头。

“一个说：‘这孩子将来要发财的。’他于是得到一番感谢。

“一个说：‘这孩子将来要做官的。’他于是收回几句恭维。

“一个说：‘这孩子将来是要死的。’他于是得到一顿大家合力的痛打。

“说要死的必然，说富贵的许谎。但说谎的得好报，说必然的遭打。你……”

“我愿意既不谎人，也不遭打。那么，老师，我得怎么说呢？”

“那么，你得说：‘啊呀！这孩子呵！您瞧！多么……阿唷！哈哈！ Hehe！he，hehehehe！’”

一九二五年七月八日

①出自《野草》，本篇最初发表于1925年7月13日《语丝》周刊第三十五期。

死　后[1]

我梦见自己死在道路上。

这是那里，我怎么到这里来，怎么死的，这些事我全不明白。总之，待到我自己知道已经死掉的时候，就已经死在那里了。

听到几声喜鹊叫，接着是一阵乌老鸦。空气很清爽，——虽然也带些土气息，——大约正当黎明时候罢。我想睁开眼睛来，他却丝毫也不动，简直不象是我的眼睛；于是想抬手，也一样。

恐怖的利镞忽然穿透我的心了。在我生存时，曾经玩笑地设想：假使一个人的死亡，只是运动神经的废灭，而知觉还在，那就比全死了更可怕。谁知道我的预想竟的中了，我自己就在证实这预想。

听到脚步声，走路的罢。一辆独轮车从我的头边推过，大约是重载的，轧轧地叫得人心烦，还有些牙齿。很觉得满眼绯红，一定是太阳上来了。那么，我的脸是朝东的。但那都没有什么关系。切切嚓嚓的人声，看热闹的。他们踹起黄土来，飞进我的鼻孔，使我想打喷嚏了，但终于没有打，仅有想打的心。

陆陆续续地又是脚步声，都到近旁就停下，还有更多的低语声：看的人多起来了。我忽然很想听听他们的议论。但同时想，我生存时说的什么批评不值一笑的话，大概是违心之论罢：才死，就露了破绽了。然而还是听；然而毕竟得不到结论，归纳起来不过是这样——

“死了？……”

“嗡。——这……”

“哼！……”

“啧。……唉！……”

我十分高兴，因为始终没有听到一个熟识的声音。否则，或者害得他们伤心；

---

①出自《野草》，本篇最初发表于1925年7月20日《语丝》周刊第三十六期。

或则要使他们快意；或则要使他们加添些饭后闲谈的材料，多破费宝贵的工夫；这都会使我很抱歉。现在谁也看不见，就是谁也不受影响。好了，总算对得起人了！

但是，大约是一个蚂蚁，在我的脊梁上爬着，痒痒的。我一点也不能动，已经没有除去他的能力了；倘在平时，只将身子一扭，就能使他退避。而且，大腿上又爬着一个哩！你们是做什么的？虫豸！

事情可更坏了：嗡的一声，就有一个青蝇停在我的颧骨上，走了几步，又一飞，开口便舐我的鼻尖。我懊恼地想：足下，我不是什么伟人，你无须到我身上来寻做论的材料……。但是不能说出来。他却从鼻尖跑下，又用冷舌头来舐我的嘴唇了，不知道可是表示亲爱。还有几个则聚在眉毛上，跨一步，我的毛根就一摇。实在使我烦厌得不堪，——不堪之至。

忽然，一阵风，一片东西从上面盖下来，他们就一同飞开了，临走时还说——

"惜哉！……"

我愤怒得几乎昏厥过去。

木材摔在地上的钝重的声音同着地面的震动，使我忽然清醒，前额上感着芦席的条纹。但那芦席就被掀去了，又立刻感到了日光的灼热。还听得有人说——

"怎么要死在这里？……"

这声音离我很近，他正弯着腰罢。但人应该死在那里呢？我先前以为人在地上虽没有任意生存的权利，却总有任意死掉的权利的。现在才知道并不然，也很难适合人们的公意。可惜我久没了纸笔；即有也不能写，而且即使写了也没有地方发表了。只好就这样地抛开。

有人来抬我，也不知道是谁。听到刀鞘声，还有巡警在这里罢，在我所不应该"死在这里"的这里。我被翻了几个转身，便觉得向上一举，又往下一沉；又听得盖了盖，钉着钉。但是，奇怪，只钉了两个。难道这里的棺材钉，是只钉两个的么？

我想：这回是六面碰壁，外加钉子。真是完全失败，呜呼哀哉了！……

"气闷！……"我又想。

然而我其实却比先前已经宁静得多，虽然知不清埋了没有。在手背上触到草席的条纹，觉得这尸衾倒也不恶。只不知道是谁给我化钱的，可惜！但是，可恶，收敛的小子们！我背后的小衫的一角皱起来了，他们并不给我拉平，现在抵得我很难受。你们以为死人无知，做事就这样地草率么？哈哈！

我的身体似乎比活的时候要重得多，所以压着衣皱便格外的不舒服。但我想，不久就可以习惯的；或者就要腐烂，不至于再有什么大麻烦。此刻还不如静静地静着想。

“您好？您死了么？”

是一个颇为耳熟的声音。睁眼看时，却是勃古斋旧书铺的跑外的小伙计。不见约有二十多年了，倒还是那一副老样子。我又看看六面的壁，委实太毛糙，简直毫没有加过一点修刮，锯绒还是毛毿毿的。

“那不碍事，那不要紧。”他说，一面打开暗蓝色布的包裹来。“这是明板《公羊传》①，嘉靖黑口本②，给您送来了。您留下他罢。这是……”

“你！”我诧异地看定他的眼睛，说，“你莫非真正胡涂了？你看我这模样，还要看什么明板？……”

“那可以看，那不碍事。”

我即刻闭上眼睛，因为对他很烦厌。停了一会，没有声息。他大约走了。但是似乎一个蚂蚁又在脖子上爬起来，终于爬到脸上，只绕着眼眶转圈子。

万不料人的思想，是死掉之后也还会变化的。忽而，有一种力将我的心的平安冲破；同时，许多梦也都做在眼前了。几个朋友祝我安乐，几个仇敌祝我灭亡。我却总是既不安乐，也不灭亡地不上不下地生活下来，都不能负任何一面的期望。现在又影一般死掉了，连仇敌也不使知道，不肯赠给他们一点惠而不费的欢欣。……

我觉得在快意中要哭出来。这大概是我死后第一次的哭。

然而终于也没有眼泪流下；只看见眼前仿佛有火花一闪，我于是坐了起来。

一九二五年七月十二日

---

①明板《公羊传》：即《春秋公羊传》的明代刻本。《公羊传》是一部阐释《春秋》的书。在木刻书中，明板是比较名贵的。

②嘉靖黑口本：我国线装书籍，书页中间折叠的直缝叫做“口”。“口”有“黑口”“白口”的分别：折缝上下端有黑线的叫做“黑口”，没有黑线的叫做“白口”。嘉靖（1522—1566），明世宗的年号。

这样的战士[1]

要有这样的一种战士——

已不是蒙昧如非洲土人而背着雪亮的毛瑟枪的；也并不疲惫如中国绿营兵而却佩着盒子炮。他毫无乞灵于牛皮和废铁的甲胄；他只有自己，但拿着蛮人所用的，脱手一掷的投枪。

他走进无物之阵，所遇见的都对他一式点头。他知道这点头就是敌人的武器，是杀人不见血的武器，许多战士都在此灭亡，正如炮弹一般，使猛士无所用其力。

那些头上有各种旗帜，绣出各样好名称：慈善家，学者，文士，长者，青年，雅人，君子……头下有各样外套，绣出各式好花样：学问，道德，国粹，民意，逻辑，公义，东方文明[2]……

但他举起了投枪。

他们都同声立了誓来讲说，他们的心都在胸膛的中央，和别的偏心的人类两样。他们都在胸前放着护心镜[3]，就为自己也深信心在胸膛中央的事作证。

但他举起了投枪。

他微笑，偏侧一掷，却正中了他们的心窝。

一切都颓然倒地；——然而只有一件外套，其中无物。无物之物已经脱走，得了胜利，因为他这时成了戕害慈善家等类的罪人。

但他举起了投枪。

他在无物之阵中大踏步走，再见一式的点头，各种的旗帜，各样的外套……

但他举起了投枪。

---

①出自《野草》，本篇最初发表于1925年12月21日《语丝》周刊第五十八期。

②东方文明：五四运动前后，帝国主义者和封建复古主义者鼓吹的反动口号之一，目的在于维护我国的封建道德和封建文化，反对近代科学文明和民主改革。

③护心镜：古代战衣胸前部位镶嵌的金属圆片，用以保护胸膛。

他终于在无物之阵中老衰，寿终。他终于不是战士，但无物之物则是胜者。

在这样的境地里，谁也不闻战叫：太平。

太平……

但他举起了投枪！

一九二五年十二月十四日

阅读助手
名著精析
走近作者
读后练习

聪明人和傻子和奴才[1]

奴才总不过是寻人诉苦。只要这样，也只能这样。有一日，他遇到一个聪明人。

“先生！”他悲哀地说，眼泪联成一线，就从眼角上直流下来。“你知道的。我所过的简直不是人的生活。吃的是一天未必有一餐，这一餐又不过是高粱皮，连猪狗都不要吃的，尚且只有一小碗……”

“这实在令人同情。”聪明人也惨然说。

“可不是么！”他高兴了。“可是做工是昼夜无休息的：清早担水晚烧饭，上午跑街夜磨面，晴洗衣裳雨张伞，冬烧汽炉夏打扇。半夜要煨银耳，侍候主人要钱；头钱[2]从来没分，有时还挨皮鞭……”

“唉唉……”聪明人叹息着，眼圈有些发红，似乎要下泪。

“先生！我这样是敷衍不下去的。我总得另外想法子。可是什么法子呢？……”

“我想，你总会好起来……”

“是么？但愿如此。可是我对先生诉了冤苦，又得你的同情和慰安，已经舒坦得不少了。可见天理没有灭绝……”

但是，不几日，他又不平起来了，仍然寻人去诉苦。

“先生！”他流着眼泪说，“你知道的。我住的简直比猪窠还不如。主人并不将我当人；他对他的叭儿狗还要好到几万倍……”

“混账！”那人大叫起来，使他吃惊了。那人是一个傻子。

“先生，我住的只是一间破小屋，又湿，又阴，满是臭虫，睡下去就咬得真可以。秽气冲着鼻子，四面又没有一个窗……”

“你不会要你的主人开一个窗的么？”

“这怎么行？……”

---

①出自《野草》，本篇最初发表于1925年1月4日《语丝》周刊第六十期。

②头钱：旧社会里提供赌博场所的人向参与赌博者抽取的钱。

“那么，你带我去看去！”

傻子跟奴才到他屋外，动手就砸那泥墙。

“先生！你干什么？”他大惊地说。

“我给你打开一个窗洞来。”

“这不行！主人要骂的！”

“管他呢！”他仍然砸。

“人来呀！强盗在毁咱们的屋子了！快来呀！迟一点可要打出窟窿来了！……”他哭嚷着，在地上团团地打滚。

一群奴才都出来了，将傻子赶走。

听到了喊声，慢慢地最后出来的是主人。

“有强盗要来毁咱们的屋子，我首先叫喊起来，大家一同把他赶走了。”他恭敬而得胜地说。

“你不错。”主人这样夸奖他。

这一天就来了许多慰问的人，聪明人也在内。

“先生。这回因为我有功，主人夸奖了我了。你先前说我总会好起来，实在是有先见之明……”他大有希望似的高兴地说。

“可不是么……”聪明人也代为高兴似的回答他。

一九二五年十二月二十六日

腊 叶[1]

灯下看《雁门集》，忽然翻出一片压干的枫叶来。

这使我记起去年的深秋。繁霜夜降，木叶多半凋零，庭前的一株小小的枫树也变成红色了。我曾绕树徘徊，细看叶片的颜色，当他青葱的时候是从没有这么注意的。他也并非全树通红，最多的是浅绛，有几片则在绯红地上，还带着几团浓绿。一片独有一点蛀孔，镶着乌黑的花边，在红，黄和绿的斑驳中，明眸似的向人凝视。我自念:这是病叶呵！便将他摘了下来,夹在刚才买到的《雁门集》里。大概是愿使这将坠的被蚀而斑斓的颜色，暂得保存，不即与群叶一同飘散罢。

但今夜他却黄蜡似的躺在我的眼前，那眸子也不复似去年一般灼灼。假使再过几年，旧时的颜色在我记忆中消去，怕连我也不知道他何以夹在书里面的原因了。将坠的病叶的斑斓，似乎也只能在极短时中相对，更何况是葱郁的呢。看看窗外，很能耐寒的树木也早经秃尽了；枫树更何消说得。当深秋时，想来也许有和这去年的模样相似的病叶的罢，但可惜我今年竟没有赏玩秋树的余闲。

一九二五年十二月二十六日

---

①出自《野草》，本篇最初发表于 1926 年 1 月 4 日《语丝》周刊第六十期。

淡淡的血痕中

——记念几个死者和生者和未生者[1]

目前的造物主，还是一个怯弱者。

他暗暗地使天变地异，却不敢毁灭一个这地球；暗暗地使生物衰亡，却不敢长存一切尸体；暗暗地使人类流血，却不敢使血色永远鲜秾；暗暗地使人类受苦，却不敢使人类永远记得。

他专为他的同类——人类中的怯弱者——设想，用废墟荒坟来衬托华屋，用时光来冲淡苦痛和血痕；日日斟出一杯微甘的苦酒，不太少，不太多，以能微醉为度，递给人间，使饮者可以哭，可以歌，也如醒，也如醉，若有知，若无知，也欲死，也欲生。他必须使一切也欲生；他还没有灭尽人类的勇气。

几片废墟和几个荒坟散在地上，映以淡淡的血痕，人们都在其间咀嚼着人我的渺茫的悲苦。但是不肯吐弃，以为究竟胜于空虚，各各自称为“天之僇民”[2]，以作咀嚼着人我的渺茫的悲苦的辩解，而且悚息着静待新的悲苦的到来。新的，这就使他们恐惧，而又渴欲相遇。

这都是造物主的良民。他就需要这样。

叛逆的猛士出于人间；他屹立着，洞见一切已改和现有的废墟和荒坟，记得一切深广和久远的苦痛，正视一切重迭淤积的凝血，深知一切已死，方生，将生和未生。他看透了造化的把戏；他将要起来使人类苏生，或者使人类灭尽，这些造物主的良民们。

造物主，怯弱者，羞惭了，于是伏藏。天地在猛士的眼中于是变色。

一九二六年四月八日

---

①出自《野草》，本篇最初发表于1926年4月19日《语丝》周刊第七十五期。

②天之僇民：语出《庄子·大宗师》。僇，原作“戮”，僇民，受刑戮的人、罪人。

一 觉[①]

飞机负了掷下炸弹的使命，象学校的上课似的，每日上午在北京城上飞行。每听得机件搏击空气的声音，我常觉到一种轻微的紧张，宛然目睹了“死”的袭来，但同时也深切地感着“生”的存在。

隐约听到一二爆发声以后，飞机嗡嗡地叫着，冉冉地飞去了。也许有人死伤了罢，然而天下却似乎更显得太平。窗外的白杨的嫩叶，在日光下发乌金光；榆叶梅也比昨日开得更烂漫。收拾了散乱满床的日报，拂去昨夜聚在书桌上的苍白的微尘，我的四方的小书斋，今日也依然是所谓“窗明几净”。

因为或一种原因，我开手编校那历来积压在我这里的青年作者的文稿了；我要全都给一个清理。我照作品的年月看下去，这些不肯涂脂抹粉的青年们的魂灵便依次屹立在我眼前。他们是绰约的，是纯真的，——阿，然而他们苦恼了，呻吟了，愤怒了，而且终于粗暴了，我的可爱的青年们。

魂灵被风沙打击得粗暴，因为这是人的魂灵，我爱这样的魂灵；我愿意在无形无色的鲜血淋漓的粗暴上接吻。飘渺的名园中，奇花盛开着，红颜的静女正在超然无事地逍遥，鹤唳一声，白云郁然而起……这自然使人神往的罢，然而我总记得我活在人间。

我忽然记起一件事：两三年前，我在北京大学的教员预备室里，看见进来了一个并不熟识的青年，默默地给我一包书，便出去了，打开看时，是一本《浅草》。就在这默默中，使我懂得了许多话。阿，这赠品是多么丰饶呵！可惜那《浅草》不再出版了，似乎只成了《沉钟》的前身。那《沉钟》就在这风沙洞中，深深地在人海的底里寂寞地鸣动。

野蓟[②]经了几乎致命的摧折，还要开一朵小花，我记得托尔斯泰曾受了很大

---

①出自《野草》，本篇最初发表于1926年4月19日《语丝》周刊第七十五期。

②野蓟（jì）：牛蒡花，菊科草本植物。

的感动，因此写出一篇小说来。但是，草木在旱干的沙漠中间，拼命伸长他的根，吸取深地中的水泉，来造成碧绿的林莽，自然是为了自己的“生”的，然而使疲劳枯渴的旅人，一见就怡然觉得遇到了暂时息肩之所，这是如何的可以感激，而且可以悲哀的事？！

《沉钟》的《无题》——代启事——说：“有人说：我们的社会是一片沙漠。——如果当真是一片沙漠，这虽然荒漠一点也还静肃；虽然寂寞一点也还会使你感觉苍茫。何至于象这样的混沌，这样的阴沉，而且这样的离奇变幻！”

是的，青年的魂灵屹立在我眼前，他们已经粗暴了，或者将要粗暴了，然而我爱这些流血和隐痛的魂灵，因为他使我觉得是在人间，是在人间活着。

在编校中夕阳居然西下，灯火给我接续的光。各样的青春在眼前一一驰去了，身外但有昏黄环绕。我疲劳着捏着纸烟，在无名的思想中静静地合了眼睛，看见很长的梦。忽而惊觉，身外也还是环绕着昏黄；烟篆[①]在不动的空气中上升，如几片小小夏云，徐徐幻出难以指名的形象。

一九二六年四月十日

①烟篆：燃烧的纸烟的烟缕，弯曲上升，好似笔划圆曲的篆字。

杂感

灯下漫笔[①]

一

有一时，就是民国二三年时候，北京的几个国家银行的钞票，信用日见其好了，真所谓蒸蒸日上。听说连一向执迷于现银的乡下人，也知道这既便当，又可靠，很乐意收受，行使了。至于稍明事理的人，则不必是“特殊知识阶级”，也早不将沉重累坠的银元装在怀中，来自讨无谓的苦吃。想来，除了多少对于银子有特别嗜好和爱情的人物之外，所有的怕大都是钞票了罢，而且多是本国的。但可惜后来忽然受了一个不小的打击。

就是袁世凯想做皇帝的那一年，蔡松坡先生溜出北京，到云南去起义。这边所受的影响之一，是中国和交通银行的停止兑现。虽然停止兑现，政府勒令商民照旧行用的威力却还有的；商民也自有商民的老本领，不说不要，却道找不出零钱。假如拿几十几百的钞票去买东西，我不知道怎样，但倘使只要买一支笔，一盒烟卷呢，难道就付给一元钞票么？不但不甘心，也没有这许多票。那么，换铜元，少换几个罢，又都说没有铜元。那么，到亲戚朋友那里借现钱去罢，怎么会有？于是降格以求，不讲爱国了，要外国银行的钞票。但外国银行的钞票这时就等于现银，他如果借给你这钞票，也就借给你真的银元了。

我还记得那时我怀中还有三四十元的中交票[②]，可是忽而变了一个穷人，几乎要绝食，很有些恐慌。俄国革命以后的藏着纸卢布的富翁的心情，恐怕也就这样的罢；至多，不过更深更大罢了。我只得探听，钞票可能折价换到现银呢？说是没有行市。幸而终于，暗暗地有了行市了：六折几。我非常高兴，赶紧去卖了一半。后来又涨到七折了，我更非常高兴，全去换了现银，沉甸甸地坠在怀中，

---

①出自《坟》，本篇最初分两次发表于1925年5月1日、22日《莽原》周刊第二期和第五期。

②中交票：中国银行和交通银行（都是当时的国家银行）发行的钞票。

似乎这就是我的性命的斤两。倘在平时，钱铺子如果少给我一个铜元，我是决不答应的。

但我当一包现银塞在怀中，沉甸甸地觉得安心、喜欢的时候，却突然起了另一思想，就是：我们极容易变成奴隶，而且变了之后，还万分喜欢。

假如有一种暴力，"将人不当人"，不但不当人，还不及牛马，不算什么东西；待到人们羡慕牛马，发生"乱离人，不及太平犬"的叹息的时候，然后给与他略等于牛马的价格，有如元朝定律，打死别人的奴隶，赔一头牛，则人们便要心悦诚服，恭颂太平的盛世。为什么呢？因为他虽不算人，究竟已等于牛马了。

我们不必恭读《钦定二十四史》，或者入研究室，审察精神文明的高超。只要一翻孩子所读的《鉴略》，——还嫌烦重，则看《历代纪元编》，就知道"三千余年古国古"的中华，历来所闹的就不过是这一个小玩意。但在新近编纂的所谓"历史教科书"一流东西里，却不大看得明白了，只仿佛说：咱们向来就很好的。

但实际上，中国人向来就没有争到过"人"的价格，至多不过是奴隶，到现在还如此，然而下于奴隶的时候，却是数见不鲜的。中国的百姓是中立的，战时连自己也不知道属于那一面，但又属于无论那一面。强盗来了，就属于官，当然该被杀掠；官兵既到，该是自家人了罢，但仍然要被杀掠，仿佛又属于强盗似的。这时候，百姓就希望有一个一定的主子，拿他们去做百姓，——不敢，是拿他们去做牛马，情愿自己寻草吃，只求他决定他们怎样跑。

假使真有谁能够替他们决定，定下什么奴隶规则来，自然就"皇恩浩荡"了。可惜的是往往暂时没有谁能定。举其大者，则如五胡十六国的时候，黄巢的时候，五代时候，宋末元末时候，除了老例的服役纳粮以外，都还要受意外的灾殃。张献忠的脾气更古怪了，不服役纳粮的要杀，服役纳粮的也要杀，敌他的要杀，降他的也要杀：将奴隶规则毁得粉碎。这时候，百姓就希望来一个另外的主子，较为顾及他们的奴隶规则的，无论仍旧，或者新颁，总之是有一种规则，使他们可上奴隶的轨道。

"时日曷丧，予及汝偕亡！"愤言而已，决心实行的不多见。实际上大概是群盗如麻，纷乱至极之后，就有一个较强，或较聪明，或较狡猾，或是外族的人物出来，较有秩序地收拾了天下。厘定规则：怎样服役，怎样纳粮，怎样磕头，怎样颂圣。而且这规则是不象现在那样朝三暮四的。于是便"万姓胪欢"了；用成语来说，就叫作"天下太平"。

任凭你爱排场的学者们怎样铺张，修史时候设些什么“汉族发祥时代”“汉族发达时代”“汉族中兴时代”的好题目，好意诚然是可感的，但措辞太绕弯子了。有更其直捷了当的说法在这里——

一、想做奴隶而不得的时代；

二、暂时做稳了奴隶的时代。

这一种循环，也就是“先儒”之所谓“一治一乱”；那些作乱人物，从后日的“臣民”看来，是给“主子”清道辟路的，所以说：“为圣天子驱除云尔。”

现在入了那一时代，我也不了然。但看国学家的崇奉国粹，文学家的赞叹固有文明，道学家的热心复古，可见于现状都已不满了。然而我们究竟正向着那一条路走呢？百姓是一遇到莫名其妙的战争，稍富的迁进租界，妇孺则避入教堂里去了，因为那些地方都比较的“稳”，暂不至于想做奴隶而不得。总而言之，复古的，避难的，无智愚贤不肖，似乎都已神往于三百年前的太平盛世，就是“暂时做稳了奴隶的时代”了。

但我们也就都象古人一样，永久满足于“古已有之”的时代么？都象复古家一样，不满于现在，就神往于三百年前的太平盛世么？

自然，也不满于现在的，但是，无须反顾，因为前面还有道路在。而创造这中国历史上未曾有过的第三样时代，则是现在的青年的使命！

二

但是赞颂中国固有文明的人们多起来了，加之以外国人。我常常想，凡有来到中国的，倘能疾首蹙额而憎恶中国，我敢诚意地捧献我的感谢，因为他一定是不愿意吃中国人的肉的！

鹤见祐辅[①]氏在《北京的魅力》中，记一个白人将到中国，预定的暂住时候是一年，但五年之后，还在北京，而且不想回去了。有一天，他们两人一同吃晚饭——

①鹤见祐辅（1885—1972）：日本评论家。

在圆的桃花心木的食桌前坐定，川流不息地献着山海的珍味，谈话就从古董，画，政治这些开头。电灯上罩着支那式的灯罩，淡淡的光洋溢于古物罗列的屋子中。什么无产阶级呀，Proletariat[①]呀那些事，就象不过在什么地方刮风。

一面陶醉在支那生活的空气中，一面深思着对于外人有着"魅力"的这东西。元人也曾征服支那，而被征服于汉人种的生活美了；满人也征服支那，而被征服于汉人种的生活美了。现在西洋人也一样，嘴里虽然说着 Democracy[②]呀，什么什么呀，而却被魅于支那人费六千年而建筑起来的生活的美。一经住过北京，就忘不掉那生活的味道。大风时候的万丈的沙尘，每三月一回的督军们的开战游戏，都不能抹去这支那生活的魅力。

这些话我现在还无力否认他。我们的古圣先贤既给与我们保古守旧的格言，但同时也排好了用子女玉帛所做的奉献于征服者的大宴。中国人的耐劳，中国人的多子，都就是办酒的材料，到现在还为我们的爱国者所自诩的。西洋人初入中国时，被称为蛮夷，自不免个个蹙额，但是，现在则时机已至，到了我们将曾经献于北魏，献于金，献于元，献于清的盛宴，来献给他们的时候了。出则汽车，行则保护；虽遇清道，然而通行自由的；虽或被劫，然而必得赔偿的；孙美瑶[③]掳去他们站在军前，还使官兵不敢开火。何况在华屋中享用盛宴呢？待到享受盛宴的时候，自然也就是赞颂中国固有文明的时候；但是我们的有些乐观的爱国者，也许反而欣然色喜，以为他们将要开始被中国同化了罢。古人曾以女人作苟安的城堡，美其名以自欺曰"和亲"，今人还用子女玉帛为作奴的贽敬，又美其名曰"同化"。所以倘有外国的谁，到了已有赴宴的资格的现在，而还替我们诅咒中国的现状者，这才是真有良心的真可佩服的人！

但我们自己是早已布置妥帖了，有贵贱，有大小，有上下。自己被人凌虐，但也可以凌虐别人；自己被人吃，但也可以吃别人。一级一级的制驭着，不能动弹，也不想动弹了。因为倘一动弹，虽或有利，然而也有弊。我们且看古人的良法美

---

① Proletariat：英语，无产阶级。

② Democracy：英语，民主。

③孙美瑶：当时占领山东抱犊固的土匪头领。1923 年 5 月 5 日他在津浦铁路临城站劫车，掳去中外旅客两百多人，是当时哄动一时的事件。

意罢——

天有十日，人有十等。下所以事上，上所以共神也。故王臣公，公臣大夫，大夫臣士，士臣皁，皁臣舆，舆臣隶，隶臣僚，僚臣仆，仆臣台。（《左传》昭公七年）

但是“台”没有臣，不是太苦了么？无须担心的，有比他更卑的妻，更弱的子在。而且其子也很有希望，他日长大，升而为“台”，便又有更卑更弱的妻子，供他驱使了。如此连环，各得其所，有敢非议者，其罪名曰不安分！

虽然那是古事，昭公七年离现在也太辽远了，但“复古家”尽可不必悲观的。太平的景象还在：常有兵燹，常有水旱，可有谁听到大叫唤么？打的打，革的革，可有处士来横议么？对国民如何专横，向外人如何柔媚，不犹是差等的遗风么？中国固有的精神文明，其实并未为共和二字所埋没，只有满人已经退席，和先前稍不同。

因此我们在目前，还可以亲见各式各样的筵宴，有烧烤，有翅席，有便饭，有西餐。但茅檐下也有淡饭，路旁也有残羹，野上也有饿殍；有吃烧烤的身价不资的阔人，也有饿得垂死的每斤八文的孩子（见《现代评论》二十一期）。所谓中国的文明者，其实不过是安排给阔人享用的人肉的筵宴。所谓中国者，其实不过是安排这人肉的筵宴的厨房。不知道而赞颂者是可恕的，否则，此辈当得永远的诅咒！

外国人中，不知道而赞颂者，是可恕的；占了高位，养尊处优，因此受了蛊惑，昧却灵性而赞叹者，也还可恕的。可是还有两种，其一是以中国人为劣种，只配悉照原来模样，因而故意称赞中国的旧物。其一是愿世间人各不相同以增自己旅行的兴趣，到中国看辫子，到日本看木屐，到高丽看笠子，倘若服饰一样，便索然无味了，因而来反对亚洲的欧化。这些都可憎恶。至于罗素在西湖见轿夫含笑，便赞美中国人，则也许别有意思罢。但是，轿夫如果能对坐轿的人不含笑，中国也早不是现在似的中国了。

这文明，不但使外国人陶醉，也早使中国一切人们无不陶醉而且至于含笑。因为古代传来而至今还在的许多差别，使人们各各分离，遂不能再感到别人的痛苦；并且因为自己各有奴使别人，吃掉别人的希望，便也就忘却自己同有被奴使被吃掉的将来。于是大小无数的人肉的筵宴，即从有文明以来一直排到现在，人们就在这会场中吃人，被吃，以凶人的愚妄的欢呼，将悲惨的弱者的呼号遮掩，更不消说女人和小儿。

这人肉的筵宴现在还排着，有许多人还想一直排下去。扫荡这些食人者，掀掉这筵席，毁坏这厨房，则是现在的青年的使命！

一九二五年四月二十九日

- 阅读助手
- 名著精析
- 走近作者
- 读后练习

略论中国人的脸[①]

大约人们一遇到不大看惯的东西，总不免以为他古怪。我还记得初看见西洋人的时候，就觉得他脸太白，头发太黄，眼珠太淡，鼻梁太高。虽然不能明明白白地说出理由来，但总而言之，相貌不应该如此。至于对于中国人的脸，是毫无异议；即使有好丑之别，然而都不错的。

我们的古人，倒似乎并不放松自己中国人的相貌。周的孟轲就用眸子来判胸中的正不正，汉朝还有《相人》[②]二十四卷。后来闹这玩意儿的尤其多；分起来，可以说有两派罢：一是从脸上看出他的智愚贤不肖；一是从脸上看出他过去，现在和将来的荣枯。于是天下纷纷,从此多事,许多人就都战战兢兢地研究自己的脸。我想，镜子的发明，恐怕这些人和小姐们是大有功劳的。不过近来前一派已经不大有人讲究，在北京上海这些地方捣鬼的都只是后一派了。

我一向只留心西洋人。留心的结果，又觉得他们的皮肤未免太粗；毫毛有白色的，也不好。皮上常有红点，即因为颜色太白之故，倒不如我们之黄。尤其不好的是红鼻子，有时简直象是将要熔化的蜡烛油，仿佛就要滴下来，使人看得栗栗危惧，也不及黄色人种的较为隐晦，也见得较为安全。总而言之，相貌还是不应该如此的。

后来，我看见西洋人所画的中国人，才知道他们对于我们的相貌也很不敬。那似乎是《天方夜谭》或者《安兑生童话》[③]中的插画，现在不很记得清楚了。头上戴着拖花翎的红缨帽，一条辫子在空中飞扬，朝靴的粉底非常之厚。但这些都是满洲人连累我们的。独有两眼歪斜，张嘴露齿，却是我们自己本来的相貌。

①出自《而已集》，本篇最初发表于1927年11月25日北京《莽原》半月刊第二卷第二十一、二十二期合刊。

②《相人》：谈相术的书，著者不详。

③《安兑生童话》：通译《安徒生童话》。

不过我那时想，其实并不尽然，外国人特地要奚落我们，所以格外形容得过度了。

但此后对于中国一部分人们的相貌，我也逐渐感到一种不满，就是他们每看见不常见的事件或华丽的女人，听到有些醉心的说话的时候，下巴总要慢慢挂下，将嘴张了开来。这实在不大雅观；仿佛精神上缺少着一样什么机件。据研究人体的学者们说，一头附着在上颚骨上，那一头附着在下颚骨上的“咬筋”，力量是非常之大的。我们幼小时候想吃核桃，必须放在门缝里将它的壳夹碎。但在成人，只要牙齿好，那咬筋一收缩，便能咬碎一个核桃。有着这么大的力量的筋，有时竟不能收住一个并不沉重的自己的下巴，虽然正在看得出神的时候，倒也情有可原，但我总以为究竟不是十分体面的事。

日本的长谷川如是闲[①]是善于做讽刺文字的。去年我见过他的一本随笔集，叫作《猫·狗·人》；其中有一篇就说到中国人的脸。大意是初见中国人，即令人感到较之日本人或西洋人，脸上总欠缺着一点什么。久而久之，看惯了，便觉得这样已经尽够，并不缺少东西；倒是看得西洋人之流的脸上，多余着一点什么。这多余着的东西，他就给它一个不大高妙的名目：兽性。中国人的脸上没有这个，是人，则加上多余的东西，即成了下列的算式：

人＋兽性＝西洋人

他借了称赞中国人，贬斥西洋人，来讥刺日本人的目的，这样就达到了，自然不必再说这兽性的不见于中国人的脸上，是本来没有的呢，还是现在已经消除。如果是后来消除的，那么，是渐渐净尽而只剩了人性的呢，还是不过渐渐成了驯顺。野牛成为家牛，野猪成为猪，狼成为狗，野性是消失了，但只足使牧人喜欢，于本身并无好处。人不过是人，不再夹杂着别的东西，当然再好没有了。倘不得已，我以为还不如带些兽性，如果合于下列的算式倒是不很有趣的：

人＋家畜性＝某一种人

中国人的脸上真可有兽性的记号的疑案，暂且中止讨论罢。我只要说近来却

---

①长谷川如是闲（1875—1969）：日本评论家。

在中国人所理想的古今人的脸上，看见了两种多余。一到广州，我觉得比我所从来的厦门丰富得多的，是电影，而且大半是“国片”，有古装的，有时装的。因为电影是“艺术”，所以电影艺术家便将这两种多余加上去了。

古装的电影也可以说是好看，那好看不下于看戏；至少，决不至于有大锣大鼓将人的耳朵震聋。在“银幕”上，则有身穿不知何时何代的衣服的人物，缓慢地动作；脸正如古人一般死，因为要显得活，便只好加上些旧式戏子的昏庸。

时装人物的脸，只要见过清朝光绪年间上海的吴友如[①]的《画报》的，便会觉得神态非常相象。《画报》所画的大抵不是流氓拆梢，便是妓女吃醋，所以脸相都狡猾。这精神似乎至今不变，国产影片中的人物，虽是作者以为善人杰士者，眉宇间也总带些上海洋场式的狡猾。可见不如此，是连善人杰士也做不成的。

听说，国产影片之所以多，是因为华侨欢迎，能够获利，每一新片到，老的便带了孩子去指点给他们看道：“看哪，我们的祖国的人们是这样的。”在广州似乎也受欢迎，日夜四场，我常见看客坐得满满。

广州现在也如上海一样，正在这样地修养他们的趣味。可惜电影一开演，电灯一定熄灭，我不能看见人们的下巴。

一九二七年四月六日

---

①吴友如（？—1893）：清末画家。以善画人物、世态著名。

“友邦惊诧”论[①]

只要略有知觉的人就都知道：这回学生的请愿[②]，是因为日本占据了辽吉，南京政府束手无策，单会去哀求国联[③]，而国联却正和日本是一伙。读书呀，读书呀，不错，学生是应该读书的，但一面也要大人老爷们不至于葬送土地，这才能够安心读书。报上不是说过，东北大学逃散，冯庸大学[④]逃散，日本兵看见学生模样的就枪毙吗？放下书包来请愿，真是已经可怜之至。不道国民党政府却在十二月十八日通电各地军政当局文里，又加上他们“捣毁机关，阻断交通，殴伤中委，拦劫汽车，攒击路人及公务人员，私逮刑讯，社会秩序，悉被破坏”的罪名，而且指出结果，说是“友邦人士，莫名惊诧，长此以往，国将不国”了！

好个“友邦人士”！日本帝国主义的兵队强占了辽吉，炮轰机关，他们不惊诧；阻断铁路，追炸客车，捕禁官吏，枪毙人民，他们不惊诧。中国国民党治下的连年内战，空前水灾，卖儿救穷，砍头示众，秘密杀戮，电刑逼供，他们也不惊诧。在学生的请愿中有一点纷扰，他们就惊诧了！

好个国民党政府的“友邦人士”！是些什么东西！

即使所举的罪状是真的罢，但这些事情，是无论那一个“友邦”也都有的，他们的维持他们的“秩序”的监狱，就撕掉了他们的“文明”的面具。摆什么“惊诧”的臭脸孔呢？

可是“友邦人士”一惊诧，我们的国府就怕了，“长此以往，国将不国”了，

---

①出自《二心集》，本篇最初发表于1931年12月25日《十字街头》第二期，署名明瑟。

②学生的请愿：指1931年12月间全国各地学生为反对蒋介石的不抵抗政策到南京请愿的事件。

③哀求国联：九一八事变后，国民党政府多次向国联申诉，请求国联出面干涉，阻止日本帝国主义扩大侵华战争。

④冯庸大学：奉系军阀冯庸所创办的一所大学，1927年在沈阳成立，1931年九一八事变后停办。

好象失了东三省，党国倒愈象一个国，失了东三省谁也不响，党国倒愈象一个国，失了东三省只有几个学生上几篇“呈文”，党国倒愈象一个国，可以博得“友邦人士”的夸奖，永远“国”下去一样。

几句电文，说得明白极了：怎样的党国，怎样的“友邦”。“友邦”要我们人民身受宰割，寂然无声，略有“越轨”，便加屠戮；党国是要我们遵从这“友邦人士”的希望，否则，他就要“通电各地军政当局”，“即予紧急处置，不得于事后借口无法劝阻，敷衍塞责”了！

因为“友邦人士”是知道的：日兵“无法劝阻”，学生们怎会“无法劝阻”？每月一千八百万的军费，四百万的政费，作什么用的呀，“军政当局”呀？

写此文后刚一天，就见二十一日《申报》登载南京专电云：“考试院部员张以宽，盛传前日为学生架去重伤。兹据张自述，当时因车夫误会，为群众引至中大①，旋出校回寓，并无受伤之事。至行政院某秘书被拉到中大，亦当时出来，更无失踪之事。”而“教育消息”栏内，又记本埠一小部分学校赴南京请愿学生死伤的确数，则云：“中公死二人，伤三十人，复旦伤二人，复旦附中伤十人，东亚失踪一人（系女性），上中失踪一人，伤三人，文生氏死一人，伤五人……”可见学生并未如国府通电所说，将“社会秩序，破坏无余”，而国府则不但依然能够镇压，而且依然能够诬陷、杀戮。“友邦人士”，从此可以不必“惊诧莫名”，只请放心来瓜分就是了。

①中大：南京中央大学。

谈金圣叹①

讲起清朝的文字狱来，也有人拉上金圣叹②，其实是很不合适的。他的"哭庙"，用近事来比例，和前年《新月》上的引据三民主义以自辩，并无不同，但不特捞不到教授而且至于杀头，则是因为他早被官绅们认为坏货了的缘故。就事论事，倒是冤枉的。

清中叶以后的他的名声，也有些冤枉。他抬起小说传奇来，和《左传》《杜诗》并列，实不过拾了袁宏道③辈的唾余；而且经他一批，原作的诚实之处，往往化为笑谈，布局行文，也都被硬拖到八股的作法上。这余荫，就使有一批人，堕入了对于《红楼梦》之类，总在寻求伏线，挑剔破绽的泥塘。

自称得到古本，乱改《西厢》字句的案子④且不说罢，单是截去《水浒》的后小半，梦想有一个"嵇叔夜"来杀尽宋江们，也就昏庸得可以。虽说因为痛恨"流寇"的缘故，但他是究竟近于官绅的，他到底想不到小百姓的对于"流寇"，只痛恨着一半：不在于"寇"，而在于"流"。

百姓固然怕"流寇"，也很怕"流官"。记得民元革命以后，我在故乡，不知怎地县知事常常掉换了。每一掉换，农民们便愁苦着相告道："怎么好呢？又换了一只空肚鸭来了！"他们虽然至今不知道"欲壑难填"的古训，却很明白"成则为王，败则为贼"的成语，贼者，流着之王，王者，不流之贼也，要说得简单一点，那就是"坐寇"。中国百姓一向自称"蚁民"，现在为便于譬喻起见，姑升

---

①出自《南腔北调集》，本篇最初发表于1933年7月1日上海《文学》第一卷第一号。

②金圣叹（1608—1661）：明末清初文人。曾批改《西厢记》《水浒传》等。因参与民众组织反贪活动，与百多名秀才一起在孔庙哭庙，发泄不满，被官府反告，后被处决。

③袁宏道（1568—1610）：明代文学家。

④乱改《西厢》字句的案子：《西厢》，元杂剧，元代王实甫作。金圣叹在批注《西厢》时，作了一些有根据的改动，但有些却是为了奉承清顺治皇帝及其母后而主观妄改的。

为牛罢，铁骑一过，茹毛饮血，蹄骨狼藉，倘可避免，他们自然是总想避免的，但如果肯放任他们自啮野草，苟延残喘，挤出乳来将这些“坐寇”喂得饱饱的，后来能够比较的不复狼吞虎咽，则他们就以为如天之福。所区别的只在“流”与“坐”，却并不在“寇”与“王”。试翻明末的野史，就知道北京民心的不安，在李自成入京的时候，是不及他出京之际的厉害的。

宋江据有山寨，虽打家劫舍，而劫富济贫，金圣叹却道应该在童贯高俅辈的爪牙之前，一个个俯首受缚，他们想不懂。所以《水浒传》纵然成了断尾巴蜻蜓，乡下人却还要看《武松独手擒方腊》这些戏。

不过这还是先前的事，现在似乎又有了新的经验了。听说四川有一支民谣，大略是“贼来如梳，兵来如篦，官来如剃”的意思。汽车飞艇[①]，价值既远过于大轿马车，租界和外国银行，也是海通以来新添的物事，不但剃尽毛发，就是刮尽筋肉，也永远填不满的。正无怪小百姓将“坐寇”之可怕，放在“流寇”之上了。

事实既然教给了这些，仅存的路，就当然使他们想到了自己的力量。

一九三三年五月三十一日

①飞艇：当时对飞机的一种称呼。

拿来主义[①]

中国一向是所谓“闭关主义”，自己不去，别人也不许来。自从给枪炮打破了大门之后，又碰了一串钉子，到现在，成了什么都是“送去主义”了。别的且不说罢，单是学艺上的东西，近来就先送一批古董到巴黎去展览，但终“不知后事如何”；还有几位“大师”们捧着几张古画和新画，在欧洲各国一路的挂过去，叫作“发扬国光”。听说不远还要送梅兰芳博士到苏联去，以催进“象征主义”，此后是顺便到欧洲传道。我在这里不想讨论梅博士演艺和象征主义的关系，总之，活人替代了古董，我敢说，也可以算得显出一点进步了。

但我们没有人根据“礼尚往来”的仪节，说道：拿来！

当然，能够只是送出去，也不算坏事情，一者见得丰富，二者见得大度。尼采就自诩过他是太阳，光热无穷，只是给与，不想取得。然而尼采究竟不是太阳，他发了疯。中国也不是，虽然有人说，掘起地下的煤来，就足够全世界几百年之用。但是，几百年之后呢？几百年之后，我们当然是化为魂灵，或上天堂，或落了地狱，但我们的子孙是在的，所以还应该给他们留下一点礼品。要不然，则当佳节大典之际，他们拿不出东西来，只好磕头贺喜，讨一点残羹冷炙做奖赏。

这种奖赏，不要误解为“抛来”的东西，这是“抛给”的，说得冠冕些，可以称之为“送来”，我在这里不想举出实例。

我在这里也并不想对于“送去”再说什么，否则太不“摩登”了。我只想鼓吹我们再吝啬一点，“送去”之外，还得“拿来”，是为“拿来主义”。

但我们被“送来”的东西吓怕了。先有英国的鸦片，德国的废枪炮，后有法国的香粉，美国的电影，日本的印着“完全国货”的各种小东西。于是连清醒的青年们，也对于洋货发生了恐怖。其实，这正是因为那是“送来”的，而不是“拿来”的缘故。

---

①出自《且介亭杂文》，本篇最初发表于1934年6月7日《中华日报·动向》，署名霍冲。

所以我们要运用脑髓，放出眼光，自己来拿！

譬如罢，我们之中的一个穷青年，因为祖上的阴功，（姑且让我这么说说罢），得了一所大宅子，且不问他是骗来的，抢来的，或合法继承的，或是做了女婿换来的。那么，怎么办呢？我想，首先是不管三七二十一，“拿来”！但是，如果反对这宅子的旧主人，怕给他的东西染污了，徘徊不敢走进门，是孱头；勃然大怒，放一把火烧光，算是保存自己的清白，则是昏蛋。不过因为原是羡慕这宅子的旧主人的，而这回接受一切，欣欣然的蹩进卧室，大吸剩下的鸦片，那当然更是废物。“拿来主义”者是全不这样的。

他占有，挑选。看见鱼翅，并不就抛在路上以显其“平民化”，只要有养料，也和朋友们象萝卜白菜一样的吃掉，只不用它来宴大宾；看见鸦片，也不当众摔在毛厕里，以见其彻底革命，只送到药房里去，以供治病之用，却不弄“出售存膏，售完即止”的玄虚。只有烟枪和烟灯，虽然形式和印度，波斯，阿拉伯的烟具都不同，确可以算是一种国粹，倘使背着周游世界，一定会有人看，但我想，除了送一点进博物馆之外，其余的是大可以毁掉的了。还有一群姨太太，也大可以请她们各自走散为是，要不然，“拿来主义”怕未免有些危机。

总之，我们要拿来。我们要或使用，或存放，或毁灭。那么，主人是新主人，宅子也就会成为新宅子。然而首先要这人沉着，勇猛，有辨别，不自私。没有拿来的，人不能自成为新人，没有拿来的，文艺不能自成为新文艺。

一九三四年六月四日

看书琐记[1]

高尔基很惊服巴尔扎克小说里写对话的巧妙，以为并不描写人物的模样，却能使读者看了对话，便好象目睹了说话的那些人。（八月份《文学》内《我的文学修养》）

中国还没有那样好手段的小说家，但《水浒》和《红楼梦》的有些地方，是能使读者由说话看出人来的。其实，这也并非什么奇特的事情，在上海的弄堂里，租一间小房子住着的人，就时时可以体验到。他和周围的住户，是不一定见过面的，但只隔一层薄板壁，所以有些人家的眷属和客人的谈话，尤其是高声的谈话，都大略可以听到，久而久之，就知道那里有那些人，而且仿佛觉得那些人是怎样的人了。

如果删除了不必要之点，只摘出各人的有特色的谈话来，我想，就可以使别人从谈话里推见每个说话的人物。但我并不是说：这就成了中国的巴尔扎克。

作者用对话表现人物的时候，恐怕在他自己的心目中，是存在着这人物的模样的，于是传给读者，使读者的心目中也形成了这人物的模样。但读者所推见的人物，却并不一定和作者所设想的相同，巴尔扎克的小胡须的清瘦老人，到了高尔基的头里，也许变了粗蛮壮大的络腮胡子。不过那性格，言动，一定有些类似，大致不差，恰如将法文翻成了俄文一样。要不然，文学这东西便没有普遍性了。

文学虽然有普遍性，但因读者的体验的不同而有变化，读者倘没有类似的体验，它也就失去了效力。譬如我们看《红楼梦》，从文字上推见了林黛玉这一个人，但须排除了梅博士的“黛玉葬花”照相的先入之见，另外想一个，那么，恐怕会想到剪头发，穿印度绸衫，清瘦，寂寞的摩登女郎；或者别的什么模样，我不能断定。但试去和三四十年前出版的《红楼梦图咏》之类里面的画像比一比罢，一定是截然两样的，那上面所画的，是那时的读者的心目中的林黛玉。

---

①出自《花边文学》，本篇最初发表于 1934 年 8 月 8 日《申报·自由谈》。

文学有普遍性，但有界限；也有较为永久的，但因读者的社会体验而生变化。北极的遏斯吉摩人[1]和非洲腹地的黑人，我以为是不会懂得“林黛玉型”的；健全而合理的好社会中人，也将不能懂得，他们大约要比我们的听讲始皇焚书，黄巢杀人更其隔膜。一有变化，即非永久，说文学独有仙骨，是做梦的人们的梦话。

一九三四年八月六日

①遏斯吉摩人：通译“爱斯基摩人”，居住北极圈一带，以渔猎为生的一个民族。

中国人失掉自信力了吗[①]

从公开的文字上看起来：两年以前，我们总自夸着“地大物博”，是事实；不久就不再自夸了，只希望着国联，也是事实；现在是既不夸自己，也不信国联，改为一味求神拜佛，怀古伤今了——却也是事实。

于是有人慨叹曰：中国人失掉自信力了。

如果单据这一点现象而论，自信其实是早就失掉了的。先前信“地”，信“物”，后来信“国联”，都没有相信过“自己”。假使这也算一种“信”，那也只能说中国人曾经有过“他信力”，自从对国联失望之后，便把这他信力都失掉了。

失掉了他信力，就会疑，一个转身，也许能够只相信了自己，倒是一条新生路，但不幸的是逐渐玄虚起来了。信“地”和“物”，还是切实的东西，国联就渺茫，不过这还可以令人不久就省悟到依赖它的不可靠。一到求神拜佛，可就玄虚之至了，有益或是有害，一时就找不出分明的结果来，它可以令人更长久的麻醉着自己。

中国人现在是在发展着“自欺力”。

“自欺”也并非现在的新东西，现在只不过日见其明显，笼罩了一切罢了。然而，在这笼罩之下，我们有并不失掉自信力的中国人在。

我们从古以来，就有埋头苦干的人，有拼命硬干的人，有为民请命的人，有舍身求法的人，……虽是等于为帝王将相作家谱的所谓“正史”[②]，也往往掩不住他们的光耀，这就是中国的脊梁。

这一类的人们，就是现在也何尝少呢？他们有确信，不自欺；他们在前仆后继的战斗，不过一面总在被摧残，被抹杀，消灭于黑暗中，不能为大家所知道罢了。

---

①出自《且介亭杂文》，本篇最初发表于1934年10月20日《太白》半月刊第一卷第三期，署名公汗。

②正史：乾隆诏定从《史记》到《明史》共二十四部纪传体史书为正史，即二十四史。梁启超在《中国史界革命案》中说：“二十四史非史也，二十四姓之家谱而已。”

说中国人失掉了自信力，用以指一部分人则可，倘若加于全体，那简直是诬蔑。

要论中国人，必须不被搽在表面的自欺欺人的脂粉所诓骗，却看看他的筋骨和脊梁。自信力的有无，状元宰相的文章是不足为据的，要自己去看地底下。

一九三四年九月二十五日

论人言可畏[1]

"人言可畏"是电影明星阮玲玉自杀之后，发现于她的遗书中的话。这哄动一时的事件，经过了一通空论，已经渐渐冷落了，只要《玲玉香消记》一停演，就如去年的艾霞[2]自杀事件一样，完全烟消火灭。她们的死，不过象在无边的人海里添了几粒盐，虽然使扯淡的嘴巴们觉得有些味道，但不久也还是淡，淡，淡。

这句话，开初是也曾惹起一点小风波的。有评论者，说是使她自杀之咎，可见也在日报记事对于她的诉讼事件的张扬；不久就有一位记者公开的反驳，以为现在的报纸的地位，舆论的威信，可怜极了，那里还有丝毫主宰谁的运命的力量，况且那些记载，大抵采自经官的事实，绝非捏造的谣言，旧报俱在，可以复按。所以阮玲玉的死，和新闻记者是毫无关系的。

这都可以算是真实话。然而——也不尽然。

现在的报章之不能象个报章，是真的；评论的不能逞心而谈，失了威力，也是真的，明眼人决不会过分的责备新闻记者。但是，新闻的威力其实是并未全盘坠地的，它对甲无损，对乙却会有伤；对强者它是弱者，但对更弱者它却还是强者，所以有时虽然吞声忍气，有时仍可以耀武扬威。于是阮玲玉之流，就成了发扬余威的好材料了，因为她颇有名，却无力。小市民总爱听人们的丑闻，尤其是有些熟识的人的丑闻。上海的街头巷尾的老虔婆，一知道近邻的阿二嫂家有野男人出入，津津乐道，但如果对她讲甘肃的谁在偷汉，新疆的谁在再嫁，她就不要听了。阮玲玉正在现身银幕，是一个大家认识的人，因此她更是给报章凑热闹的好材料，至少也可以增加一点销场。读者看了这些，有的想："我虽然没有阮玲玉那么漂亮，却比她正经"；有的想："我虽然不及阮玲玉的有本领，却比她出身高"；连自杀

①出自《且介亭杂文二集》，本篇最初发表于1935年5月20日《太白》半月刊第二卷第五期，署名赵令仪。

②艾霞：当时的电影演员。

了之后，也还可以给人想："我虽然没有阮玲玉的技艺，却比她有勇气，因为我没有自杀"。花几个铜元就发见了自己的优胜，那当然是很上算的。但靠演艺为生的人，一遇到公众发生了上述的前两种的感想，她就够走到末路了。所以我们且不要高谈什么连自己也并不了然的社会组织或意志强弱的滥调，先来设身处地的想一想罢，那么，大概就会知道阮玲玉的以为"人言可畏"，是真的，或人的以为她的自杀，和新闻记事有关，也是真的。

但新闻记者的辩解，以为记载大抵采自经官的事实，却也是真的。上海的有些介乎大报和小报之间的报章，那社会新闻，几乎大半是官司已经吃到公安局或工部局去了的案件。但有一点坏习气，是偏要加上些描写，对于女性，尤喜欢加上些描写；这种案件，是不会有名公巨卿在内的，因此也更不妨加上些描写。案中的男人的年纪和相貌，是大抵写得老实的，一遇到女人，可就要发挥才藻了，不是"徐娘半老，风韵犹存"。就是"豆蔻年华，玲珑可爱"。一个女孩儿跑掉了，自奔或被诱还不可知，才子就断定道，"小姑独宿，不惯无郎"，你怎么知道？一个村妇再醮了两回，原是穷乡僻壤的常事，一到才子的笔下，就又赐以大字的题目道，"奇淫不减武则天"，这程度你又怎么知道？这些轻薄句子，加之村姑，大约是并无什么影响的，她不识字，她的关系人也未必看报。但对于一个智识者，尤其是对于一个出到社会上了的女性，却足够使她受伤，更不必说故意张扬，特别渲染的文字了。然而中国的习惯，这些句子是摇笔即来，不假思索的，这时不但不会想到这也是玩弄着女性，并且也不会想到自己乃是人民的喉舌。但是，无论你怎么描写，在强者是毫不要紧的，只消一封信，就会有正误或道歉接着登出来，不过无拳无勇如阮玲玉，可就正做了吃苦的材料了，她被额外的画上一脸花，没法洗刷。叫她奋斗吗？她没有机关报，怎么奋斗；有冤无头，有怨无主，和谁奋斗呢？我们又可以设身处地地想一想，那么，大概就又知她的以为"人言可畏"，是真的，或人的以为她的自杀，和新闻记事有关，也是真的。

然而，先前已经说过，现在的报章的失了力量，却也是真的，不过我以为还没有到达如记者先生所自谦，竟至一钱不值，毫无责任的时候。因为它对于更弱者如阮玲玉一流人，也还有左右她命运的若干力量的，这也就是说，它还能为恶，自然也还能为善。"有闻必录"或"并无能力"的话，都不是向上的负责的记者所该采用的口头禅，因为在实际上，并不如此，——它是有选择的，有作用的。

至于阮玲玉的自杀，我并不想为她辩护。我是不赞成自杀，自己也不预备自杀的。但我的不预备自杀，不是不屑，却因为不能。凡有谁自杀了，现在是总要受一通强毅的评论家的呵斥，阮玲玉当然也不在例外。然而我想，自杀其实是不很容易，决没有我们不预备自杀的人们所藐视的那么轻而易举的。倘有谁以为容易么，那么，你倒试试看！

自然，能试的勇者恐怕也多得很，不过他不屑，因为他有对于社会的伟大的任务。那不消说，更加是好极了，但我希望大家都有一本笔记簿，写下所尽的伟大的任务来，到得有了曾孙的时候，拿出来算一算，看看怎么样。

一九三五年五月五日

文学和出汗[①]

上海的教授对人讲文学，以为文学当描写永远不变的人性，否则便不久长。例如英国，莎士比亚和别的一两个人所写的是永久不变的人性，所以至今流传，其余的不这样，就都消灭了云。

这真是所谓“你不说我倒还明白，你越说我越胡涂”了。英国有许多先前的文章不流传，我想，这是总会有的，但竟没有想到它们的消灭，乃因为不写永久不变的人性。现在既然知道了这一层，却更不解它们既已消灭，现在的教授何从看见，却居然断定它们所写的都不是永久不变的人性了。

只要流传的便是好文学，只要消灭的便是坏文学；抢得天下的便是王，抢不到天下的便是贼。莫非中国式的历史论，也将沟通了中国人的文学论欤？

而且，人性是永久不变的么？

类人猿，类猿人，原人，古人，今人，未来的人……如果生物真会进化，人性就不能永久不变。不说类猿人，就是原人的脾气，我们大约就很难猜得着的，则我们的脾气，恐怕未来的人也未必会明白。要写永久不变的人性，实在难哪。

譬如出汗罢，我想，似乎于古有之，于今也有，将来一定暂时也还有，该可以算得较为“永久不变的人性”了。然而“弱不禁风”的小姐出的是香汗，“蠢笨如牛”的工人出的是臭汗。不知道倘要做长留世上的文字，要充长留世上的文学家，是描写香汗好呢，还是描写臭汗好？这问题倘不先行解决，则在将来文学史上的位置，委实是“岌岌乎殆哉”。

听说，例如英国，那小说，先前是大抵写给太太小姐们看的，其中自然是香汗多；到十九世纪后半，受了俄国文学的影响，就很有些臭汗气了。那一种的命长，

①出自《而已集》，本篇最初发表于1928年1月14日《语丝》周刊第四卷第五期。

现在似乎还在不可知之数。

在中国，从道士听论道，从批评家听谈文，都令人毛孔痉挛，汗不敢出。然而这也许倒是中国的永久不变的人性罢。

一九二七年十二月二十三日

无声的中国[1]

——二月十六日在香港青年会[2]讲

以我这样没有什么可听的无聊的讲演，又在这样大雨的时候，竟还有这许多来听的诸君，我首先应当声明我的郑重的感谢。

我现在所讲的题目是：《无声的中国》。

现在，浙江，陕西，都在打仗，那里的人民哭着呢还是笑着呢，我们不知道。香港似乎很太平，住在这里的中国人，舒服呢还是不很舒服呢，别人也不知道。

发表自己的思想，感情给大家知道的是要用文章的，然而拿文章来达意，现在一般的中国人还做不到。这也怪不得我们；因为那文字，先就是我们的祖先留传给我们的可怕的遗产。人们费了多年的工夫，还是难于运用。因为难，许多人便不理它了，甚至于连自己的姓也写不清是张还是章，或者简直不会写，或者说道：Chang。虽然能说话，而只有几个人听到，远处的人们便不知道，结果也等于无声。又因为难，有些人便当作宝贝，象玩把戏似的，之乎者也，只有几个人懂，——其实是不知道可真懂，而大多数的人们却不懂得，结果也等于无声。

文明人和野蛮人的分别，其一，是文明人有文字，能够把他们的思想，感情，藉此传给大众，传给将来。中国虽然有文字，现在却已经和大家不相干，用的是难懂的古文，讲的是陈旧的古意思，所有的声音，都是过去的，都就是只等于零的。所以，大家不能互相了解，正象一大盘散沙。

将文章当作古董，以不能使人认识，使人懂得为好，也许是有趣的事罢。但是，结果怎样呢？是我们已经不能将我们想说的话说出来。我们受了损害，受了侮辱，总是不能说出些应说的话。拿最近的事情来说，如中日战争，拳匪事件，民元革

---

①最初刊于香港报纸（报纸名称及日期未详），1927年3月23日汉口《中央日报》副刊转载。

②青年会：即基督教青年会，基督教进行社会文化活动的机构之一。

命这些大事件，一直到现在，我们可有一部象样的著作？民国以来，也还是谁也不作声。反而在外国，倒常有说起中国的，但那都不是中国人自己的声音，是别人的声音。

这不能说话的毛病，在明朝是还没有这样厉害的；他们还比较地能够说些要说的话。待到满洲人以异族侵入中国，讲历史的，尤其是讲宋末的事情的人被杀害了，讲时事的自然也被杀害了。所以，到乾隆年间，人民大家便更不敢用文章来说话了[①]。所谓读书人，便只好躲起来读经，校刊古书，做些古时的文章，和当时毫无关系的文章。有些新意，也还是不行的；不是学韩，便是学苏。韩愈苏轼他们，用他们自己的文章来说当时要说的话，那当然可以的。我们却并非唐宋时人，怎么做和我们毫无关系的时候的文章呢。即使做得象，也是唐宋时代的声音，韩愈苏轼的声音，而不是我们现代的声音。然而直到现在，中国人却还要着这样的旧戏法。人是有的，没有声音，寂寞得很。——人会没有声音的么？没有，可以说：是死了。倘要说得客气一点，那就是：已经哑了。

要恢复这多年无声的中国，是不容易的，正如命令一个死掉的人道："你活过来！"我虽然并不懂得宗教，但我以为正如想出现一个宗教上之所谓"奇迹"一样。

首先来尝试这工作的是"五四运动"前一年，胡适之先生所提倡的"文学革命"。"革命"这两个字，在这里不知道可害怕，有些地方是一听到就害怕的。但这和文学两字连起来的"革命"，却没有法国革命的"革命"那么可怕，不过是革新，改换一个字，就很平和了，我们就称为"文学革新"罢，中国文字上，这样的花样是很多的。那大意也并不可怕，不过说：我们不必再去费尽心机，学说古代的死人的话，要说现代的活人的话；不要将文章看作古董，要做容易懂得的白话的文章。然而，单是文学革新是不够的，因为腐败思想，能用古文做，也能用白话做。所以后来就有人提倡思想革新。思想革新的结果，是发生社会革新运动。这运动一发生，自然一面就发生反动，于是便酿成战斗……

但是，在中国，刚刚提起文学革新，就有反动了。不过白话文却渐渐风行起来，不大受阻碍。这是怎么一回事呢？就因为当时又有钱玄同先生提倡废止汉字，用罗马字母来替代。这本也不过是一种文字革新，很平常的，但被不喜欢改革的

①这里指清初统治者多次施与汉族人民的文字狱。

中国人听见，就大不得了了，于是便放过了比较的平和的文学革命，而竭力来骂钱玄同。白话乘了这一个机会，居然减去了许多敌人，反而没有阻碍，能够流行了。

中国人的性情是总喜欢调和，折中的。譬如你说，这屋子太暗，须在这里开一个窗，大家一定不允许的。但如果你主张拆掉屋顶，他们就会来调和，愿意开窗了。没有更激烈的主张，他们总连平和的改革也不肯行。那时白话文之得以通行，就因为有废掉中国字而用罗马字母的议论的缘故。

其实，文言和白话的优劣的讨论，本该早已过去了，但中国是总不肯早早解决的，到现在还有许多无谓的议论。例如，有的说：古文各省人都能懂，白话就各处不同，反而不能互相了解了。殊不知这只要教育普及和交通发达就好，那时就人人都能懂较为易解的白话文；至于古文，何尝各省人都能懂，便是一省里，也没有许多人懂得的。有的说：如果都用白话文，人们便不能看古书，中国的文化就灭亡了。其实呢，现在的人们大可以不必看古书，即使古书里真有好东西，也可以用白话来译出的，用不着那么心惊胆战。他们又有人说，外国尚且译中国书，足见其好，我们自己倒不看么？殊不知埃及的古书，外国人也译，非洲黑人的神话，外国人也译，他们别有用意，即使译出，也算不了怎样光荣的事的。

近来还有一种说法，是思想革新紧要，文字改革倒在其次，所以不如用浅显的文言来作思想的文章，可以少招一重反对。这话似乎也有理。然而我们知道，连他长指甲都不肯剪去的人，是决不肯剪去他的辫子的。

因为我们说着古代的话，说着大家不明白，不听见的话，已经弄得象一盘散沙，痛痒不相关了。我们要活过来，首先就须由青年们不再说孔子孟子和韩愈柳宗元们的话。时代不同，情形也两样，孔子时代的香港不这样，孔子口调的“香港论”是无从做起的，“吁嗟阔哉香港也”，不过是笑话。

我们要说现代的，自己的话；用活着的白话，将自己的思想，感情直白地说出来。但是，这也要受前辈先生非笑的。他们说白话文卑鄙，没有价值；他们说年青人作品幼稚，贻笑大方。我们中国能做文言的有多少呢，其余的都只能说白话，难道这许多中国人，就都是卑鄙，没有价值的么？至于幼稚，尤其没有什么可羞，正如孩子对于老人，毫没有什么可羞一样。幼稚是会生长，会成熟的，只不要衰老，腐败，就好。倘说待到纯熟了才可以动手，那是虽是村妇也不至于这样蠢。她的孩子学走路，即使跌倒了，她决不至于叫孩子从此躺在床上，待到学会了走法再下地面来的。

青年们先可以将中国变成一个有声的中国。大胆地说话，勇敢地进行，忘掉了一切利害，推开了古人，将自己的真心的话发表出来。——真，自然是不容易的。譬如态度，就不容易真，讲演时候就不是我的真态度，因为我对朋友，孩子说话时候的态度是不这样的。——但总可以说些较真的话，发些较真的声音。只有真的声音，才能感动中国的人和世界的人；必须有了真的声音，才能和世界的人同在世界上生活。

我们试想现在没有声音的民族是那几种民族。我们可听到埃及人的声音？可听到安南，朝鲜的声音？印度除了泰戈尔，别的声音可还有？

我们此后实在只有两条路：一是抱着古文而死掉，一是舍掉古文而生存。

一九二七年二月十八日

图书在版编目（CIP）数据

朝花夕拾 / 鲁迅著 ; 湖北省教育科学研究院组织编写. — 武汉 : 长江文艺出版社, 2020.6(2024.7 重印)
ISBN 978-7-5702-1555-3

Ⅰ. ①朝… Ⅱ. ①鲁… ②湖… Ⅲ. ①鲁迅散文－散文集 Ⅳ. ①I210.4

中国版本图书馆 CIP 数据核字(2020)第 065349 号

责任编辑：钱梦洁　　责任校对：毛季慧
封面设计：博悦阁　　责任印制：邱　莉　胡丽平

出版：长江出版传媒 | 长江文艺出版社
地址：武汉市雄楚大街 268 号　　邮编：430070
发行：长江文艺出版社
http://www.cjlap.com
印刷：湖北新华印务有限公司

开本：787 毫米×1092 毫米　1/16　印张：12.25
版次：2020 年 6 月第 1 版　　2024 年 7 月第 10 次印刷
字数：185 千字

定价：64.80 元